DES

EFFETS DE LA DOUCHE ÉCOSSAISE

A L'EAU DE MER

DANS

TOUTES LES AFFECTIONS RÉCLAMANT LE CONCOURS

DE L'HYDROTHÉRAPIE MARITIME

PAR

LE D[teur] C[hl] LEMARCHAND

Chevalier de la Légion d'honneur,
Ex-médecin-inspecteur des bains de Tréport,
Ex-médecin de la Société de Bon Secours, du Bureau de Bienfaisance et de l'Hôpital,
Membre correspondant de la Société d'Hydrologie médicale,
de la Société de Médecine pratique de Paris et de la Société de médecine de Rouen, etc., etc.

Mémoire lu à la Société d'hydrologie médicale, t. XXIII

PARIS
V. ADRIEN DELAHAYE ET Ce, LIBRAIRES-ÉDITEURS,
PLACE DE L'ÉCOLE DE MÉDECINE

1878

DES

EFFETS DE LA DOUCHE ÉCOSSAISE

A L'EAU DE MER

DANS

TOUTES LES AFFECTIONS RÉCLAMANT LE CONCOURS

DE L'HYDROTHERAPIE MARITIME

PAR

LE Dteur Cnt LEMARCHAND

Chevalier de la Légion d'honneur,
Ex-médecin-inspecteur des bains de Tréport,
Ex-médecin de la Société de Bon-Secours, du Bureau de Bienfaisance
et de l'Hôpital,
Membre correspondant de la Société d'Hydrologie médicale,
de la Société de Médecine pratique de Paris et de la Société de médecine de
Rouen, etc., etc.

Mémoire lu à la Société d'hydrologie médicale,
t. XXIII.

PARIS
V. ADRIEN DELAHAYE ET Cie, LIBRAIRES-ÉDITEURS,
PLACE DE L'ÉCOLE DE MÉDECINE

1878

DES

EFFETS DE LA DOUCHE ÉCOSSAISE

A L'EAU DE MER

DANS

TOUTES LES AFFECTIONS RÉCLAMANT LE CONCOURS

DE L'HYDROTHÉRAPIE MARITIME

PREMIÈRE PARTIE

Avant d'entrer dans les détails de ce travail, je crois utile de faire précéder l'examen des faits de quelques considérations générales pour initier le lecteur à ma manière de comprendre et d'exécuter l'hydrothérapie et en particulier la douche écossaise.

Il doit évidemment exister, entre mes très-honorés confrères hydropathes et moi, des divergences d'opinion sur le mode d'emploi de l'eau chaude et de l'eau froide, divergences causées sans doute par les voies différentes que nous avons dû suivre dans nos travaux, et c'est autant que possible, par le désir de les amoindrir ou même de les faire cesser, que j'ai entrepris ce travail, heureux si mes efforts sont couronnés de succès.

I. — Bien que l'hydrothérapie soit aujourd'hui une science positive dont les résultats satisfaisants sont constatés chaque jour, elle doit être, comme toutes les méthodes nouvelles, débarrassée d'une foule de préjugés créés par l'inexpérience et l'empirisme; ils ont eu pour effet, en lui nuisant, de lui susciter des ennemis, même parmi les médecins qui l'avaient acceptée tout d'abord. Des applications irrationnelles ont amené ce fâcheux résultat.

D'une part, on a trop vanté, peut-être, sa puissance sans avoir égard à ses faiblesses et à ses défaillances même.

D'une autre part, on n'a pas assez tenu compte des difficultés qui accompagnent son application pratique et qui la réduisent à l'état de badigeon abandonné aux caprices d'un mercenaire.

L'hydrothérapie, comme je la comprends, est une science qui exige de l'attention, de l'intelligence et des connaissances appropriées et approfondies.

II. — La douche froide, que je considère comme la plus *puissante*, n'obtient ses heureux effets qu'à la condition *expresse* d'être employée avec la plus grande prudence et surtout dans les cas qui *lui conviennent*.

La douche écossaise est un peu moins énergique et beaucoup plus facile à manier; c'est une des raisons qui justifient à mes yeux son emploi au début et dans le cours des cures les plus graves, sans crainte de provoquer des réactions fâcheuses.

Toutes deux, pour constituer l'hydrothérapie rationnelle, doivent être *solidaires;* elles ne peuvent être séparées qu'au préjudice du malade et de l'hydrothérapie elle-même, par cette raison incontestable que chacune d'elles, avec ses qualités relatives, peut s'adresser à des états pathologiques variés, avec cette différence immense que la douche froide, mal donnée, offre des inconvénients et même des dangers que la douche écossaise, dans les mêmes conditions, ne produit *jamais.*

III. — Sans faire la guerre à l'eau froide, au bénéfice de l'eau chaude, qu'il me soit permis d'accorder à chacune d'elles le mérite qui lui appartient.

Lorsque Priessnitz a été conduit par un hasard heureux à se servir de l'eau froide, il a été émerveillé des résultats obtenus, et, pour lui comme pour ses imitateurs, l'eau froide est devenue la panacée en dehors de laquelle il n'y avait pas de *salut.* Fleury et les médecins que ses succès ont conduit à l'imiter, ont cherché à formuler méthodiquement ses prescriptions qui ne pouvaient être qu'empiriques.

Fleury surtout, par ses travaux intelligents, est arrivé à des résultats magnifiques, qui, bientôt acceptés avec enthousiasme, ont été mis en pratique par d'autres praticiens distingués qui ont préconisé et continué son œuvre.

IV. — Mais *tous,* entraînés par des succès aussi émouvants, *sous* la même influence sans doute, n'ont envisagé l'hydrothérapie que sous un seul point de vue, le *froid,* le considérant comme le grand, l'unique mobile de la médication ; ils ont persisté à limiter toute sa puissance à l'action de l'eau froide, malgré les insuccès nombreux qu'ils ont dû éprouver; Fleury nous en donne une preuve en s'efforçant, dans son traité d'hydrothérapie, d'indiquer les moyens *transitoires* à l'aide desquels il lui a été nécessaire de tourner la difficulté auprès de certains malades affaiblis; je sais des cas même, où malgré son talent et sa grande habitude, il lui a été impossible d'arriver à son but.

V. — Cette difficulté existe toujours puisque notre honoré confrère, le Dr B. Barde, dans un volumineux ouvrage, plein de détails intéressants, indique les mêmes moyens, au nombre desquels figurent les bains de pieds chauds avant la douche, les douches tempérées et partielles, etc., etc., pour permettre à certains malades d'aborder sans danger la douche froide.

Il a bien indiqué, en quelques lignes, les qualités de la douche écossaise, non comme un acheminement à l'emploi de l'eau froide, mais seulement dans les affections où ce genre de *médication est indiqué*, de sorte qu'il est facile de comprendre que ce moyen est considéré par lui comme une exception.

Cette opinion de mon très-honoré confrère au sujet de la douche chaude et froide, est complètement celle que je professe à l'égard de la douche *froide d'emblée*.

VI. — On n'osera jamais, avec l'eau froide, doucher des phthisiques au troisième degré, des albuminuriques et des diabétiques avancés.

Plusieurs de mes confrères, notre très-savant président, M. le Dr Gubler, le Dr B. Barde lui-même, ont constaté l'augmentation de l'albumine après la douche froide. Ces motifs ne sont-ils pas les mêmes qui ont poussé notre honoré confrère, M. le Dr Moutard-Martin, à répudier complètement la douche froide, non-seulement dans l'albuminurie, mais dans *toutes* les affections dans lesquelles les congestions rénales étaient à craindre?

VII. — On ne traitera pas avec la douche froide des congestions cérébrales, pulmonaires, abdominales ou rénales, le rhumatisme aigu, la rougeole, la scarlatine, etc., etc., ou même dans l'anémie au dernier degré chez un sujet débilité.

Ce que les douches froides ne sont pas appelées à faire, la douche écossaise le fait *impunément*. Sans avoir la prétention, par son application, de guérir dans tous les cas, j'arrive journellement à rendre à la plupart des malades, sinon la santé complète, du moins le sommeil, l'appétit, les forces, en les aidant à supporter plus facilement leurs souffrances.

VIII. — L'avantage de commencer tout traitement hydrothérapique par la douche chaude est de mettre, à l'aide de quelques secondes d'eau à 40 et quelques degrés, le malade à même de supporter l'eau froide; de plus, en douchant moi-même il m'est facile d'apprécier l'action perturbatrice de cette dernière sur l'organisme, d'en limiter la durée selon le plus ou moins de susceptibilité du malade et d'arriver ainsi, mieux que par le raisonnement le plus logique ou à la suite de tâtonnements, à appliquer au sujet, celle des deux douches, soit douche froide, soit douche écossaise, qui convient le mieux à son organisation et à sa disposition momentanée.

IX. — C'est pour cette raison que, seule, la douche écossaise peut être et doit être employée dans tous les cas graves quels qu'ils soient, sans crainte et sans danger aucun; elle permet de constater avec certitude l'état des forces du malade; d'apprécier son état nerveux et sa susceptibilité plus ou moins grande et surtout, chose importante, sa tolérance plus ou moins prononcée pour l'eau froide. Puis, enfin, il faut bien le reconnaître, c'est la seule douche qui puisse former tête de ligne, si je puis m'exprimer ainsi, car elle seule peut servir d'introduction à toutes les manœuvres balnéaires sollicitées par les moyens mécaniques; elle peut être regardée enfin comme la pierre de touche de tout l'édifice balnéaire; les services qu'elle m'a rendus et me rend encore sont si grands que, s'il me fallait y renoncer, je cesserais de faire de l'hydrothérapie.

X. — Son mode d'action est aussi simple que puissant, elle excite la peau et les organes qu'elle recouvre, en stimulant le système nerveux et circulatoire périphérique, en provoquant sur le système vaso-moteur, une sorte de gymnastique passagère, d'autant plus énergique que la différence de température entre les deux parties de la douche est plus grande et les appareils plus puissants; puis enfin un de ses avantages les plus grands (qui lui est exclusif) est de pouvoir être administrée *en tout temps*, *en toutes saisons* et à tous les *malades*, *même* aux plus affaiblis, et de combler entre l'eau froide et l'eau chaude une *lacune restée* si longtemps ouverte, en devenant le moyen transitoire si vainement cherché par Fleury et d'autres médecins distingués, et en donnant à l'hydrothérapie rationnelle toute la valeur à laquelle elle a droit.

Il faut songer, en effet, aux combinaisons variées que les différences entre les deux températures et les deux durées permettent d'adapter aux différents malades et aux affections diverses, et ne pas oublier que ce sont précisément ces mêmes différences qui peuvent être modifiés à l'infini, que l'eau froide seule est incapable de fournir, qui constitueront la grande supériorité de cette douche sur toutes les autres.

XI. — La douche à l'eau de mer doit être d'autant plus courte qu'elle est plus énergique, afin de produire un effet brusque et de peu de durée, en surprenant la sensibilité du malade, sans le faire souffrir, afin d'imprimer à l'organisme une secousse et une perturbation passagères, favorables à une réaction vive et franche.

C'est pour ces motifs que la courte durée de mes douches, malgré et contrairement à ce *qui est écrit* et *se fait*, ne dépasse jamais au maximum de 25 à 30 secondes ; c'est précisément leur peu de durée qui constitue leur supériorité.

On a été au-delà de ma pensée en m'accusant de faire la guerre à la douche froide, dont je suis un fervent partisan, et dont, depuis plus de vingt ans, j'ai été à même d'apprécier tout le mérite. Aussi en analysant et en décrivant les qualités de la douche chaude, ai-je voulu simplement formuler son emploi et faire connaître sa valeur pratique, qui est immense, dans les cas les plus graves, dans lesquels la douche froide d'emblée est impossible, et arriver à cette conclusion indiscutable, que l'hydrothérapie, pour être rationnelle, ne peut se passer ni de l'un ni de l'autre.

XII. — Le peu de durée de mes douches n'a été admis que comme une exception par la plupart des médecins qui comptent la durée des douches par minutes, et bien davantage, il en sera probablement ainsi jusqu'au jour où, éclairés par leur expérience pratique, ils apprécieront la perfection de son influence. Lorsqu'ils comprendront plus largement le mécanisme des actions réflexes et les avantages qu'on en peut tirer avec les douches écossaises, ils expliqueront facilement le peu de durée de mes douches et les motifs qui m'ont fait renoncer en partie à la douche locale.

Si je suis arrivé à une limite si restreinte de 20 à 30 secondes, c'est par suite des résultats de chaque jour, obtenus sur un grand nombre de malades qui, par la variété des cas, m'ont mis à même de constater sa puissance et surtout son innocuité.

Mon travail eût été incomplet s'il n'avait embrassé que la douche écossaise, mais une partie des causes qui m'ont fait abréger la durée des douches chaudes, m'ont conduit également à réduire celle des douches froides, qui, entre mes mains, ne dépassent jamais 10 à 15 secondes.

Les méthodes suivies par les médecins hydropathes, jusqu'à ce jour, ne sont pas semblables à la mienne, aussi je crois ne pas exagérer en affirmant que les effets les plus avantageux qu'on peut en obtenir, sont ignorés de la plupart de ceux qui ne l'ont jamais explorée, et c'est afin de combler cette lacune importante que je m'efforce de faire surgir la vérité, non comme on paraît le croire pour nuir à l'eau froide, mais au *contraire* pour la placer au-dessus de toute critique.

Qu'il me soit permis au sujet de mes douches, de donner les appréciations de mon maître et ami le Dr Gendrin, elles résument complètement leur mode d'action.

«Je ne suis pas surpris, mon cher confrère, des heureux effets obtenus des douches d'eau de mer chaude selon votre procédé; vous augmentez par la douche chaude primitive la puissance réactionnelle que le sujet oppose à la brusque soustraction du calorique produite par l'eau de mer froide; ces oscillations imprimées tous les jours à la circulation périphérique sont éminemment propres à donner de l'énergie aux fonctions plastiques.»

Les observations que je donnerai dans le cours de ce travail serviront, je l'espère, à élucider la question.

Obs. I. — Lymphatisme constitutionnel, menstruation régulière, plus tard hémorrhagique; anémie et chloro-anémie, dyspepsie, névropathie avec prodromes hypochondriaques faisant croire à la folie. Guérison par les douches écossaises en six semaines.

Mme Dud..., lymphatique, grande et forte d'apparence, est âgée de 33 ans; elle eut jusqu'à 12 ans une excellente santé, qui ne reçut aucune atteinte fâcheuse de la rougeole et de la scarlatine.

A 14 ans la menstruation s'établit facilement, les règles furent régulières pendant plusieurs mois, mais progressivement elles prirent un caractère hémorrhagique très-prononcé, elles furent accompagnées de pertes tellement abondantes que la malade dut garder le lit pendant six mois ; son état de santé devint tel que son médecin déclara son impuissance.

Cependant, avec le repos et une hygiène convenable, la malade reprit quelques forces tout en conservant une faiblesse extrême, que la moindre fatigue augmentait.

Malgré cette situation précaire, à 15 ans, elle se livra à la carrière de l'enseignement, ce qui ébranla encore sa santé chancelante ; son état général était resté à peu près le même, mais c'est alors qu'elle commença à souffrir de dyspepsie et d'accidents névropathiques qui se traduisirent par des irrégularités dans l'appétit et dans les digestions et par des névralgies intercurrentes se portant d'un point sur un autre, mais plus particulièrement à la face ; son médecin combattit ces divers symptômes par le fer, les amers et les toniques, auxquels il adjoignit pendant plusieurs années les bains de mer chauds et froids et les douches d'eau salée.

Mme Dud... passa ainsi un certain nombre d'années, tantôt un peu mieux, tantôt plus mal, mais toujours plus ou moins souffrante et faible.

En 1872, alors qu'elle avait 29 ans, son médecin déclara qu'elle était profondément anémique, que cet état augmentait par les fatigues physiques et morales de sa profession de maîtresse de pension, et qu'elle n'avait d'espoir de guérir que par le repos complet.

En 1873, elle se maria, et au mois d'avril 1874 elle eut un enfant ; sa grossesse fut pénible et fatigante, la dyspepsie augmenta pendant les premiers mois de la gestation, et elle dut recourir de nouveau et sans beaucoup de succès à l'emploi des toniques sous toutes les formes ; à sept mois, elle fit une chute assez grave pour donner des inquiétudes sur la vie de la mère et de l'enfant ; la mère seule en souffrit.

Malgré cet incident la délivrance eut lieu à terme, mais fut suivie d'une hémorrhagie utérine à laquelle elle faillit succomber ; la faiblesse et l'anémie augmentèrent encore.

Après plusieurs semaines de repos et de soins, elle reprit la direction de son établissement, mais au mois de juillet les symptômes s'aggravèrent tellement qu'elle perdit totalement les forces et l'appétit, le sommeil et presque tout d'un coup la mémoire ; elle fut forcée d'abandonner son pensionnat (anémie cérébrale).

Son état nerveux s'exaspérait de plus en plus, au point de faire craindre la folie ; elle comprit si bien sa position qu'elle *demanda et obtint* d'entrer dans une maison d'aliénés ; huit jours après elle en sortait, non pas folle, mais hypochondriaque au suprême degré.

Son médecin, alors, lui prescrivit les douches d'eau froide avec l'eau de mer; ces douches, mal données sans doute et prises avec répugnance, aggravèrent son état.

Elle alla à Paris, et, après examen minutieux, on lui prescrivit l'hydrothérapie froide à l'eau douce.

Ce moyen n'eut pas plus de succès que les autres, aussi le cessa-t-elle après un certain temps ; enfin, démoralisée, à bout de patience, elle quitta Paris pour aller passer l'hiver à la campagne, ne voulant plus suivre aucune espèce de médication..... Sa santé n'en fut ni mieux ni plus mal ; elle resta dans le même état jusqu'au mois de septembre 1875, époque à laquelle je vis la malade pour la première fois ; voici le résultat de mes investigations :

Mme Dud..., grande de taille, est lymphatique, a l'aspect d'une malade souffrant depuis longtemps, son teint est pâle, sa peau est jaune et terreuse, ses muqueuses supérieures sont décolorées, ses lèvres sont blanches et tremblottantes, surtout quand la malade veut parler; sa maigreur est grande ; son état nerveux très-prononcé donne à sa physionomie un cachet de brusquerie ayant quelque analogie avec certains symptômes choréiques, son pouls, très-facile à déprimer, est vif et irrégulier, les bruits du cœur sont clairs et accompagnés au premier temps de souffle très-fort; le même souffle se fait sentir dans les carotides... La malade ne dort plus, et, lorsqu'elle perd connaissance, elle fait des rêves qui la fatiguent et la réveillent épuisée ; elle mange à peine et capricieusement ; ses forces ne lui permettent ni de marcher, ni même de lire *ni de penser* sans lui occasionner des douleurs à la partie supérieure du front et des tempes ; sa mémoire, qui était *excellente*, s'est tellement affaiblie depuis quelques jours qu'elle oublie en parlant ce qu'elle vient de dire ; elle ressent aussi à la partie supérieure du front et de la tête une chaleur et une pesanteur qui augmentent sous l'influence des causes les plus légères ; sa parole est brève et saccadée, sa physionomie a quelque chose de hagard qui traduit l'état essentiellement nerveux auquel elle est en proie.

Sa poitrine n'offre rien de particulier, mais se fonctions

digestives sont irrégulières et capricieuses, comme son appétit; sa dyspepsie est flatulente avec des alternatives de constipation et de diarrhée; l'anorexie est fréquente, les règles sont régulières mais pauvres; en somme, Mme Dud... est chloro-anémique, névropathique et, de plus, hypochondriaque au suprême degré.

Quelle médication employer?... Depuis vingt ans, tous les traitements toniques et reconstituants ont été prescrits et usés infructueusement, aussi bien les bains de mer chauds et froids, que l'hydrothérapie à l'eau douce et à l'eau salée qui n'ont donné que des résultats négatifs; il ne me restait que la ressource de rentrer dans les voies suivies précédemment par mes confrères, dont, il faut le reconnaître, les efforts ont échoué devant la persistance des souffrances de la malade; craignant les mêmes résultats, j'ai donné la préférence à l'hydrothérapie et surtout à la douche écossaise à l'eau de mer, la malade étant beaucoup trop nerveuse et trop impressionnable pour supporter la douche froide seule; ce qui m'a décidé en faveur de ce dernier moyen, c'est que Mme Dred... n'avait jamais employé cette douche mais encore que les douches auxquelles elle avait été soumise, ne lui avaient été administrées que par des salariés.

Je proposai donc la douche écossaise, qui fut acceptée malgré la répugnance de la malade pour une médication qui jusque-là lui avait été si préjudiciable.

La première fut donnée par moi le 27 octobre 1875; elle fut générale et de six secondes de durée; elle fut très-bien supportée; la malade se plaignit néanmoins de douleurs lancinantes au sommet de la tête avec chaleur non-seulement pendant mais encore après la douche.

La seconde douche fut donnée de la même manière et avec le même *résultat...* C'est alors que je fis intervenir au commencement de la troisième, pendant la durée de la douche chaude, une douche froide en pluie, de trois secondes, sur la tête, recouverte d'un bonnet ciré, afin de modérer l'action de l'eau froide, comme température et comme force.

Cette troisième douche ne laissa rien à désirer : le traitement fut suivi régulièrement de cette manière en augmentant progressivement la durée des douches qui ne dépassa jamais trente secondes.

Vers le vingtième jour, je supprimai la douche en pluie. Le traitement fit merveille et après 48 douches, la guérison fut complète,

Je ferai remarquer à cette occasion que 48 douches de trente secondes chacune, formant un total de vingt-quatre minutes seulement, ont, à elles seules, constitué tout le traitement actif et suffi à produire ce changement complet.

Ce n'est donc pas la *durée* des douches qui doit être prise en considération mais bien *ses effets*, la gymnastique du système vaso-moteur, etc., etc.

Aujourd'hui novembre 1877 la santé de Mme Dud... est splendide, et au dire même de ses parents elle n'a jamais été meilleure.

Au bout de quelques semaines de traitement, cette malade a commencé une grossesse qui n'a jamais déterminé le plus petit incident morbide ; cette grossesse s'est terminée par la naissance d'une belle grosse fille dont la santé est restée parfaite. Cet effet favorable sur la conception n'est point une exception, j'en possède cinq autres observations dont je me réserve de parler plus loin.

L'observation de Mme Dud... est intéressante à plusieurs titres ; le développement successif des symptômes morbides, leur persistance, l'impuissance des moyens méthodiques employés pendant près de vingt ans sans succès, les toniques, le fer, les bains de mer, l'hydrothérapie à l'eau douce et à l'eau salée, restées sans effets avantageux, puis enfin l'influence immédiate et remarquable de la douche écossaise, qui guérit radicalement et en peu de temps un état morbide des plus complexes et des plus tenaces ; un tel succès ne peut laisser de doutes sur l'efficacité du moyen, lorsqu'on saura qu'aucune *médication étrangère* n'a été employée ; du reste, on n'ignore pas que, malgré le fer et ses préparations nombreuses, ce genre d'affection est devenu plus fréquent que jamais et je suis à même de le constater ici chaque année, sur vingt malades qui me sont envoyés par leurs médecins, aux bords de la mer, quinze sont anémiques ou atteints de cette faiblesse, à laquelle beaucoup de praticiens donnent la même qualification et qui, ainsi que l'*anémie* constitutionnelle, reste réfractaire à toute médication pharmaceutique.

La grossesse heureuse de cette malade, ainsi que la naissance d'une belle fille, quoique remarquables à cause de l'état de santé de Mme Dud..., seraient peut-être restées inaperçues si par un hasard heureux je n'avais observé, dans l'espace de deux années, cinq grossesses, offrant chez des sujets différents, les mêmes phases avantageuses.

J'avais eu l'intention de les citer simplement comme exemple, mais ce laconisme aurait eu pour résultat d'en affaiblir la précision et la valeur.

Avant de décrire les effets favorables de la douche écossaise sur les fonctions génératrices de l'utérus, conception, gestation, parturition, etc., etc., nous allons parler d'abord de ceux non moins remarquables de ce moyen sur divers états morbides de cet organe à l'état de vacuité, de congestion, de déviation, et enfin de la *stérilité* passagère si fréquente. Les quelques observations qui vont suivre auront pour but de faire ressortir les indications curatives.

Obs. II. — Congestion utérine, antéversion, catarrhe utérin et vésical, dyspepsie, anémie, etc. Guérison, etc

Madame An..., d'Arras, malade depuis longtemps, a été traitée par le Dr Duplay, depuis un an environ, pour des congestions utérines et une antéversion, accompagnées de dyspepsie et d'anémie. Son état de santé n'ayant que faiblement répondu à l'action des moyens employés, M. Duplay lui prescrivit le séjou aux bords de la mer, en me recommandant de la diriger dans son traitement pour combattre les accidents signalés, et surtout pour reconstituer l'état général singulièrement affaibli.

Cette dame, grosse, forte en apparence, et bien constituée, souffre depuis sept ans de congestions utérines et de déplacements qui la gênent énormément pour la marche, malgré une ceinture mécanique et les moyens chirurgicaux et elle se fatigue soit debout, soit en marchant; dans ce dernier cas la fatigue est prompte à se produire et la fait souffrir au bas du ventre d'abord, ensuite aux reins et jusqu'à la partie antérieure des cuisses. Ces douleurs, en congestionnant l'organe, ne tardent pas à se terminer par des pertes ou des règles trop abondantes; depuis quelques années elle a, en plus, du catarrhe vésical qui augmente ses souffrances.

Son ventre est développé d'une manière exagérée, mou et douloureux à la pression au-dessus du pubis; depuis quelques mois elle ressent sur le trajet du nerf sciatique de la cuisse droite des douleurs presque continuelles.

Lorsqu'elle souffre davantage, son appétit diminue ainsi que ses forces, puis l'anémie augmente.

A l'exploration des organes génitaux je constatai un abaissement sensible de l'utérus avec une antéversion prononcée; le col utérin, dirigé en arrière et en bas, appuie sur le bas fond du vagin, tandis que le fond de l'organe élevé en avant est accolé à la cloison vésico-vaginale; dans toute son étendue la muqueuse vaginale est chaude, molle et lubréfiée par un mucus épais.

Le col mou est entr'ouvert et à peine sensible au toucher; il paraît plus développé que le droit; on peut le ramener facilement à sa place normale avec le doigt indicateur.

Convaincu que l'indication la plus pressante à remplir est de combattre l'anémie, je commence les douches le 28 juin 1875.

Après quinze jours de leur emploi (une seule par jour) la malade allait beaucoup mieux, ses forces étaient revenues en partie, pas d'hémorrhagie; elle avait, sur mon conseil, abandonné l'usage des pessaires et de la ceinture mécanique et les avait remplacés par une simple bande de flanelle; elle commençait même à marcher sans souffrir, sa sciatique avait disparu sous l'influence des douches générales qui, seules, ont été employées pendant la durée du traitement.

Au bout d'un mois de ce traitement Madame An... se trouvait très-bien, son ventre avait diminué de moitié et n'était plus douloureux; elle pouvait marcher, son catarrhe vésical avait diminué lorsque, sans cause appréciable, il reprit de l'énergie. C'est alors que je lui conseillai deux douches par jour et un suppositoire de cacao avec 1 centigramme de morphine. La malade alla de mieux en mieux; elle guérit de son déplacement utérin, de ses congestions et de sa sciatique, ne conservant de son état vésical qu'un sentiment non douloureux.

Son traitement dura au plus six semaines, et elle fut tellement émerveillée du résultat, qu'elle fit venir une dame de ses amis, Mme de Vau..., pour se faire soigner d'une affection à peu près semblable et avec le même succès.

Voici son observation :

Obs. III. — Névralgie lombo-utérine, congestions utérines consécutives, antéversion, dyspepsie, anémie, etc.

Madame de Vau..., jeune femme de 30 ans, bien constituée et assez fortement membrée, avait ressenti, à plusieurs reprises, et cinq ans avant son mariage, des douleurs irrégulières dans le bas du ventre, que je crois devoir attribuer à une névralgie lombo-utérine ; mariée depuis cinq ans, n'ayant pas eu d'enfants et souffrant davantage de ce côté et de ces reins depuis son mariage ; cette malade n'a jamais eu de leucorrhée ; ses règles ont toujours été régulières. Son médecin a constaté une antéversion dont il a attribué l'origine à une maladie grave qu'elle avait faite à cette époque, mais qui ne serait autre que la névralgie lombo-utérine persistante déjà indiquée.

Plus tard il est survenu de la dyspepsie, avec diarrhée, qui a résisté aux traitements qui lui ont été opposés, et qui ont augmenté l'état anémique, conséquence forcée de dix ans de souffrance.

Aujourd'hui, 29 juillet 1875, j'ai vu cette malade pour la première fois, et voici le résultat de mon examen :

Cette jeune femme, grande et forte en apparence, est molle et essentiellemnt lymphatique ; la peau est pâle et le visage décoloré ; les muqueuses supérieures sont blanches ainsi que les lèvres ; le ventre, sans être aussi douloureux que par le passé, est presque toujours plus ou moins sensible, soit au toucher, soit à la marche ; mais bien plus impressionnable à cette dernière, qui est même devenue presque impossible, par suite de la fatigue générale qu'elle occasionne, ainsi que les douleurs qu'elle réveille dans les reins, dans le ventre, et même parfois jusque dans la partie antérieure des cuisses.

L'appétit est perdu avec les forces et le sommeil ; à ces symptômes se joignent ceux d'une dyspepsie muqueuse chronique avec diarrhée (plusieurs selles tous les matins), et quelquefois de la fièvre sans type déterminé ; puis enfin de la névropathie. Ajoutons à cela une démoralisation complète, et on aura un tableau fidèle de l'état physique et moral de la malade.

Voulant compléter mon diagnostic, je demandai l'exploration des organes génitaux, elle me fut refusée, non par excès de pudeur, mais pour éviter l'excitation nerveuse qu'elle occasionne, excitation que la malade redoutait par-dessus tout.

Considérant cet ensemble de symptômes comme la conséquence de la névralgie lombo-utérine qui déterminait elle-même par sa persistance l'état anémique et la progression morbide des symptômes constatés, je dirigeai toute mon attention sur cet état, en supprimant les médications étrangères à l'hydrothérapie, et je commençai les douches écossaises à l'eau de mer.

Après la seconde douche, qui avait un peu augmenté les souffrances de la malade (ce qui constitue rarement un symptôme fâcheux), elle voulut cesser leur emploi.

Sur mon insistance, elle consentit à continuer quelques jours, et à la cinquième douche le changement fut assez sensible pour lui donner toute confiance dans les résultats de cette nouvelle médication ; les souffrances du ventre cessèrent, mais des douleurs très-vives se firent sentir dans la région épigastrique; je continuai les douches, et immédiatement après chacune d'elles, elle se fit appliquer, à demeure, sur la région douloureuse, et conserver jour et nuit, en la renouvelant toutes les douze heures, une serviette épaisse imbibée d'eau de mer froide, recouverte d'un taffetas gommé.

A la suite d'un orage violent, cette dame fut prise, sans cause appréciable, de sa névralgie utérine ; je lui prescrivis, tous les soirs, en se couchant, un quart de lavement avec quatre cuillerées d'eau et dix gouttes de laudanum de Rousseau, et après trois jours de ce traitement les douleurs disparurent complètement, et furent les dernières atteintes vers le ventre, jusqu'à la guérison complète, laquelle se manifesta peu de jours après. Ce traitement fut simplement ajouté aux douches, sans les interrompre.

Je n'indiquerai pas, un à un, les changements survenus dans l'état de santé de Mme de Vau...; mais si on considère que depuis des années la marche était devenue, sinon impossible, au moins difficile, et qu'après quinze jours de traitement elle pouvait parcourir à pied 2 kilomètres, presque sans fatigue, il sera aisé de reconnaître les bons effets de l'hydrothérapie, non-seulement sur l'état local, mais encore sur l'état général, puisque vingt-sept douches écossaises ont suffi à la malade pour lui faire recouvrer appétit, force, sommeil et gaieté.

En arrivant au Tréport, Mme de Vau..., pour faire quelques pas dans son appartement et rester quelques moments debout, avait besoin du secours d'une ceinture (vrai chef-d'œuvre d'art), et malgré cette ceinture et un pessaire, elle ne pouvait franchir à pied la distance de sa demeure à la mienne, quoiqu'elle ne fût que de quelques minutes ; aussi, se fit-elle amener en voiture pour prendre ses premières douches, et à la quinzième, pessaire et ceinture étaient supprimés, et la malade marchait et commençait à se promener.

Cette observation comme celle de Mme An..., ainsi que beaucoup d'autres, ont presque toujours pour point de départ une affection première qui, sans être grave au début, le devient par sa persistance et les secousses qu'elle imprime à l'économie.

Chez Mme de Vau..., une névralgie lombo-utérine, affection souvent compliquée de congestion;

Chez Mme An..., des congestions utérines simples qui ont amené plus tard un déplacement de l'organe, lesquelles congestions par leurs influences morbides ont fini chez les deux malades par altérer promptement la constitution en exaspérant les symptômes particuliers et favorisant le développement de l'anémie.

En combattant cette dernière par les douches générales, nous sommes arrivé en peu de temps et en même temps à la reconstitution de l'état général et à la guérison des symptômes locaux qui, à des yeux trop complaisants, constituaient l'affection principale.

Chez ces deux malades, les douches devaient répondre à deux indications spéciales; la reconstitution des forces et le décongestionnement de l'organe principalement atteint.

Pour décongestionner l'utérus, il fallait dériver et révulser sur la peau; il fallait disséminer et éparpiller sa sensibilité en stimulant la circulation capillaire des bras et du buste en ménageant le plus possible, non-seulement le bassin et le ventre, mais même les extrémités inférieures. C'est dans ces cas surtout que l'action de la douche doit être vive et puissante; aussi faut-il se servir de préférence de pommes à petits trous et ne pas craindre d'élever la température de l'eau à 45 ou 50 degrés.

L'eau froide ne doit être employée que quelques secondes avec une pomme beaucoup plus grande et à trous plus petits que celle de l'eau chaude ; en outre, il faut qu'ils soient assez écartés les uns des autres pour permettre à chacun des jets de frapper isolément, afin de surexciter la sensibilité le plus possible sans jamais devenir douloureuse.

Cette douche, tout en étant congestive et par conséquent révulsive n'en est pas moins reconstituante à l'égard de la circulation générale, aussi me semble-t-elle répondre aux indications principales.

Il faut bien se convaincre que les pessaires et les ceintures sont des moyens dont l'action est trop limitée pour être toujours curative.

Le rôle du pessaire est de supporter une partie du poids de la matrice, mais là se borne son action ; il ne rend pas les forces à l'organe pas plus qu'à ses ligaments et aux tissus du vagin, que son emploi journalier relâche de plus en plus..., il diminue tout simplement le poids de l'utérus et soulage ainsi la fatigue des ligaments.

La ceinture elle-même se borne à soutenir les muscles du ventre et des lombes pour les aider à supporter le paquet intestinal et diminuer ainsi la pression qu'il exerce sur la matrice et ses annexes.

Mais ces moyens qui ne sont en résumé que des auxiliaires ne sont pas toujours sans danger ; le pessaire, surtout, détermine souvent des congestions et même des indurations et des ulcérations du col, il élargit d'autant plus le vagin qu'il paralyse et relâche chaque jour davantage la muqueuse et ses muscles et donne souvent aussi naissance à une leucorrhée tenace, dégoûtante et fatigante pour la malade.

En définitive, le pessaire n'est jamais curatif par son action directe, souvent même il devient insupportable et nuisible, comme je suis à même de le constater en ce moment sur une jeune fille *vierge*, Mlle Pou..., de la ville d'Eu, à laquelle son médecin...... a placé des pessaires pour une névralgie lombo-utérine sans aucune espèce de prolapsus, n'offrant qu'une légère déviation du côté gauche, déterminée par sa névralgie; ce moyen a eu pour effet, en exaspérant les souffrances de la malade, de la rendre dyspeptique et anémique au plus haut degré et de dilater le canal à un tel point qu'on pourrait y introduire facilement un œuf de poule!

Les résultats favorables obtenus dans les déplacements utérins et les congestions simples ou compliquées ne permettent plus aucun doute sur l'efficacité des douches dans ces sortes d'affection, presque toujours si rebelles aux moyens médicaux ordinaires.

Si je borne à ces deux observations les cas de guérison des déplacements de matrice, c'est afin de ne pas fatiguer le lecteur; il faut reconnaître qu'ils sont très-fréquents et que les douches réussissent complètement.

Après avoir montré l'influence heureuse des douches pour combattre les névralgies lombo-utérines, les congestions qui les accompagnent si souvent et les congestions simples, etc., je vais aborder un sujet non moins intéressant qui s'y rattache et qui est souvent le résultat de ces mêmes causes; je veux parler de la *stérilité* passagère chez bon nombre de femmes.

Personne n'ignore que les causes de la stérilité occasionnelle peuvent être uniques ou, le plus souvent, multiples et variées.

En première ligne, je placerai comme causes efficientes les affections propres de l'utérus et de ses annexes, les métrites, les métrorrhagies, les névralgies congestives, les catarrhes utérins et naturellement les affections des ovaires et des trompes, etc.

Dans toutes ces affections, les tissus et les ligaments surtout sont relâchés à un plus ou moins haut degré, mais ces causes peuvent être révélées par un diagnotic fait avec soin.

Puis enfin, comme cause fréquente, mais souvent obscure, un certain état de torpeur des organes reproducteurs, développé presque toujours par des causes générales (anémie, faiblesse, diathèses, etc.), qui ont pour effet de tenir sous leur dépendance toute l'économie et de réagir puissamment dans certains cas sur l'utérus et ses annexes, en s'opposant ainsi et jusqu'à un certain point à ses fonctions et à la conception en particulier.

Dans ces conditions, les causes de la stérilité échappent aux moyens explorateurs et aux investigations chirurgicales les plus minutieuses; elles peuvent tout au plus être soupçonnées par l'ensemble des phénomènes qui les accompagnent.

Dans tous les cas, la guérison rapide par le moyen thérapeutique qui la fait disparaître est en quelque sorte le seul signe qui puisse la caractériser ; c'est dans cette dernière forme surtout que les bains de mer froids réussissent quelquefois et que l'hydrothérapie maritime, la douche écossaise, est merveilleuse, surtout au début, car en même temps qu'elle reconstitue l'état général, elle amoindrit les causes de stérilité.

Il est facile de se rendre compte de l'action de l'hydrothérapie maritime sur les causes que nous venons de signaler, en rendant aux muscles leur puissance, aux tissus leur énergie, au système nerveux son impressionnabilité normale ; elle harmonise, par le retour de l'équilibre qu'elle rétablit dans les parties intéressées, l'état physiologique des organes de la reproduction.

Cette partie de mon travail me porte tout naturellement à en traiter une autre non moins intéressante, celle de l'emploi des douches sur les actes les plus importants de l'utérus, la conception, la grossesse et l'accouchement, etc.

Voici plusieurs observations qui vont faire ressortir avantageusement les ressources de l'hydrothérapie sur chacune de ces phases différentes.

Observation V.

Mme Cot..., de Paris, âgée de 31 ans, grande et mince, très-lymphatique, eut une enfance et une jeunesse tellement maladives qu'on dut lui faire abandonner Paris pour habiter Ecouen ; elle revint à Paris et s'y maria à 25 ans. Après une fausse couche, elle eut, un peu avant le siége de Paris, une petite fille ; cette enfant me fut amenée au Tréport à l'âge de 3 ans ; elle y guérit complètement et sans ankylose, d'une carie scrofuleuse de l'articulation tibio-tarsienne gauche, pour laquelle les Drs Hallopeau, Cusco, Gosselin et Marjolin, après des soins restés impuissants, prescrivirent la mer.

Mme Cot..., épuisée par ses antécédents, par l'allaitement et les privations du siége, auxquelles se joignit le chagrin inspiré par l'état de sa fille, arriva au Tréport le 3 mars 1873, anémique et névropathique au plus haut point.

Sur mon conseil, elle prit des douches ; après deux ans de ce traitement sa santé s'était modifiée sensiblement ; elle commença une grossesse qui fut très-heureuse, et se termina par la naissance d'une belle grosse fille qu'elle put nourrir pendant quinze mois, sans trop de fatigue et sans altération de sa bonne santé.

Aujourd'hui, décembre 1877, l'enfant de cette dame qui a 3 ans, est magnifique de santé ainsi que sa mère.

Observation V.

Mme S..., de Tréport. Cette jeune femme est américaine, petite et mignonne, c'est-à-dire aux formes grêles, complètement anémique et névropathique, par suite de péripéties de toutes sortes, et déjà mère de deux enfants vivants : l'aîné est scrofuleux, affligé d'une incontinence d'urine depuis sa naissance ; il a 12 ans.

Il y a quatre ans, elle est accouchée d'un troisième enfant qui a succombé quelques jours après sa naissance, sans autre cause appréciable que sa faiblesse.

Depuis cette dernière couche, sa santé, mauvaise depuis longtemps, a été en s'affaiblissant de plus en plus.

Lorsqu'elle vint me consulter, elle était épuisée. Je lui fis faire de l'hydrothérapie maritime, et au bout de quelques mois, elle devint grosse, sa gestation fut splendide; elle donna naissance à une belle petite fille, vive et bien portante; l'accouchement s'est fait avec une facilité et une promptitude d'autant plus remarquables que les précédents avaient toujours exigé beaucoup de temps et de souffrance; la malade a à peine souffert une demi-heure.

Pendant plusieurs mois l'enfant a joui d'une bonne santé, jusqu'au jour où la mère, à la suite d'une scène violente et tragique avec son mari (ivrogne accompli), perdit tout d'un coup son lait et ses moyens d'existence : la misère et le chagrin déterminèrent chez la mère et l'enfant surtout, des accidents auxquels la petite fille succomba après plusieurs mois de souffrances.

Je ferai remarquer que cette terminaison tout à fait fortuite est en dehors de l'influence hydrothérapique ; ce qui le prouve, c'est l'état de santé de cette enfant en venant au monde, et enfin celui de la mère, qui, aujourd'hui, a résisté avantageusement aux causes physiques et morales auxquelles elle a été et est encore soumise.

Observation VI.

Mme D..., de Versailles. Jeune femme de 20 ans, lymphatique, devenue chloro-anémique, depuis qu'elle est réglée (six ans), et hystérique depuis plusieurs années, avec des crises nerveuses caractéristiques.

Quoique s'affaiblissant chaque jour davantage, malgré les traitements divers qu'elle a suivis, elle se maria à 20 ans, d'après le conseil de son médecin et surtout l'insistance de sa mère.

Après un mois de cohabitation avec son mari, les accidents prirent une telle gravité que son état inspira les plus vives inquiétudes au Dr Randon du Landre, de Versailles, appelé à donner son avis.

Il regretta le mariage fait dans de telles conditions, exigea le repos complet des organes génitaux, et envoya la malade au Tréport pour prendre les douches écossaises, dont il avait été à même de constater les heureux effets sur lui et sur ses enfants.

Malgré son vif désir de faire partir de suite la malade, son état de faibleesse était si grand, qu'il recula devant la fatigue du voyage, et ce ne fut que trois semaines après qu'elle put l'entreprendre. Je vis, pour la première fois, Mme Dur..., le 1er août 1876.

Le diagnostic était exact. Cette jeune femme, quoique d'un physique agréable, avait un tel aspect cadavérique, en raison de la pâleur cireuse de son visage, qu'elle était, pour les passants, un objet de pitié curieuse et de compassion ; ses forces, en harmonie avec son aspect, ne lui permettaient pas de marcher sans être soutenue ; pour venir à la douche, il fallut l'y amener en voiture : c'était un cas complet d'anémie générale troublant toutes les fonctions organiques.

Elle fit de l'hydrothérapie maritime : deux douches écossaises par jour, ne dépassant jamais vingt secondes ; et enfin partit au bout d'un mois de traitement complètement guérie.

Sept semaines après le Dr Rendon m'écrivit que sa cliente se portait à merveille, et m'annonçait le commencement d'une grossesse ; huit mois après, un accouchement heureux et facile, bien qu'il fût le premier, lui donna une belle fille qui, depuis qu'elle est au monde, se porte aussi bien que sa mère.

Observation VII.

Mme Cha..., de Paris. Cette dame, grande, forte en apparence, est essentiellement lymphatique et anémique; voici, à son sujet, la lettre que mon très-honoré confrère Moissonnet m'écrivait :

« Mon cher confrère, Mme Cha..., enceinte pour la quatrième fois, je crois, pourra-t-elle arriver à terme, ou, comme la dernière fois, accoucher d'un enfant incapable de vivre plus de douze ou vingt-quatre heures ?... voilà la question : il existait une albuminurie qui a disparu ; la grossesse, ajoutait-il, est actuellement de quatre mois et demi à cinq mois. J'ai pensé que la mer, c'est-à-dire son air bienfaisant et quelques bains ou lotions habilement ménagés pouvaient consolider à la fois la santé de la mère et de l'enfant qu'elle porte dans son sein.

« C'est ici, cher confrère, que votre balnéation méthodique trouvera sa plus utile application.

« Ce genre de cure manque à votre trésor d'observations, je serais heureux pour vous et surtout pour ma cliente, si vous obtenez le succès tant désiré.

« *P. S.* Mme ... a été soupçonnée de tubercules pulmonaires; auscultez-la. Je pense que vous ne trouverez rien de précis. »

C'est au commencement de juin que je vis cette malade pour la première fois, et voici les renseignements qu'elle me fournit : Elle a débuté par une fausse couche ; puis, successivement, elle a mis au monde deux enfants, dont le premier est mort en naissant; le second n'a vécu que quelques heures : c'est pendant cette dernière grossesse que l'albuminurie s'est manifestée.

N'ayant reconnu chez cette malade que l'anémie, et l'auscultation ne m'ayant fourni aucun signe douteux, je traitai Mme Cha... par les douches écossaises à l'eau de mer, une seule par jour... seulement elle ne voulut jamais se soumettre à ce traitement qu'autant qu'elle ne serait douchée que par derrière, refusant obstinément de laisser doucher les parties antérieures.

Je souscrivis d'autant plus facilement à cette exigence que mon intention était de n'agir que sur l'état général, en ménageant par-dessus tout le ventre et l'utérus.

Au bout de trois mois de ce traitement, elle quittait Tréport dans d'excellentes conditions, et un mois après son arrivée à

Paris me faisait annoncer son heureuse délivrance, en même temps que je recevais de mon confrère Moissenet la lettre suivante :

« Cher Confrère,

« J'ai le plaisir de vous annoncer, en réponse à votre lettre du 15, que Mme Cha... ést accouchée, le 21, d'*une grosse fille bien portante*, et que jusqu'ici la mère et l'enfant vont à merveille ; c'est un beau résultat auquel votre hydrothérapie maritime, si bien dirigée, n'a pas peu contribué. »

« Janvier. Rien n'est changé dans l'état de la mère et de l'enfant. »

Observation VIII.

Mme Langl., de la ville d'Eu. Jeune femme brune bien constituée, mais rendue anémique pas la mise au monde de deux enfants, coup sur coup, sans compter une fausse couche à la suite de laquelle une chute du rectum *existant* depuis sa naissance avait pris des proportions plus grandes.

Après deux ans de soins infructueux donnés par son médecin, celui-ci lui offrit, en dernier ressort, de la conduire à Paris pour s'y faire opérer.

Effrayée de cette proposition si peu consolante, elle vint au Tréport pour réclamer mes conseils.

Depuis sa fausse couche, remontant à deux mois, chaque défécation était accompagnée de prolapsus de l'intestin qui faisait d'abord saillie au dehors de 7 centimètres environ, puis, par une contraction immédiate, s'étalait en s'aplatissant et en masquant complètement l'orifice du rectum ; cet accident avait lieu pendant et après chaque selle, et même pendant la miction, si la malade ne prenait pas ses précautions.

Convaincu que l'anémie et la dyspepsie, etc., dont la malade était atteinte, avaient une influence marquée sur cette infirmité, je lui administrai des douches d'eau de mer générales.

A la première douche écossaise, qui ne fut que de 10 secondes, la malade, sous l'impression de l'eau froide (une seconde de durée), éprouve une contraction du sphincter anal, qui eut pour effet d'expulser, avec une certaine force, un bol de fèces de la longueur de 10 centimètres, et chose remarquable, sans chute de l'organe.

Au bout d'un mois les douches écossaises furent remplacées par les douches froides, auxquelles j'adjoignis les douches locales sur le périnée et le bas des lombes.

Ce traitement eut un résultat si heureux que la malade vécut de la vie commune et put aller dans le monde, même danser, sans aucun inconvénient.

Au bout de six semaines de traitement, Mme Laug... devint grosse; elle accoucha à terme d'une belle fille dont la santé fit l'admiration de sa famille.

La grossesse fut magnifique, la parturition très-facile.

Ce qu'il y a de particulier chez ces six malades, à l'exception de Mme Dur..., de Versailles, qui, seule, était primipare, toutes ont été frappées de la différence de leur dernière grossesse avec les premières, ainsi que de l'extrême facilité de leur dernière délivrance, circonstances que toutes ont attribuées avec juste raison à l'action favorable des douches.

Lorsque ces jeunes femmes sont venues réclamer mes soins, toutes étaient plus ou moins malades et depuis plus ou moins de temps ; elles sont venues demander à l'hydrothérapie le soulagement et les forces que des années de soins ordinaires n'avaient pu leur procurer.

Après quelques semaines de douches, revenant promptement à recouvrer ces forces si désirées, elles devinrent grosses à leur grande surprise, et toutes accusèrent les douches de leur nouvel état. Il est donc incontestable que l'influence de l'hydrothérapie s'est fait sentir sur la conception en mettant les organes reproducteurs à même de remplir leurs fonctions, en les tirant de l'état de torpeur qui doit faciliter la stérilité.

En admettant l'influence balnéaire sur la conception, il est difficile de la nier sur la gestation. En effet, chez mes cinq jeunes femmes (Mme Dur... de Versailles, n'était devenue enceinte que plusieurs semaines après son départ), la grossesse a marché avec une régularité complète ; plusieurs d'entre elles avaient souffert dans leurs grossesses précédentes plus ou moins longtemps, et malgré les soins qu'elles avaient reçus, de dyspepsie, de gastralgie, etc., etc., et de cet état nerveux qui accompagne souvent les premiers mois de gestation.

Sous l'influence de l'hydrothérapie maritime, douches écossaises ou douches froides, rien de semblable ne s'est produit, et si quelques symptômes dyspeptiques ou autres se sont montrés, ils ont cédé de suite à l'action du traitement.

Pendant cette période, il a été facile de suivre la marche des phénomènes physiologiques et de voir la santé de ces femmes se consolider et se fortifier tous les jours. Loin de se plaindre, elles étaient gaies, lestes et légères.

Ce changement devient plus évident encore si la malade, comme la cliente du Dr Moissenet, vient, après plusieurs mois de grossesse pénible, demander à l'hydrothérapie guérison d'une foule d'indispositions inséparables souvent de cet état rendu plus pénible par la dyspepsie et des symptômes nerveux. J'ai soigné des malades, vomissant tous leurs aliments, conservant seulement un peu de lait ou d'eau sucrée, etc.; avec cela privation de sommeil et de forces; fièvre, anorexie prononcée et vomituritions continuelles; d'autres mangeant du charbon, de la chandelle, et d'autres encore buvant démesurément du vin, de l'eau-de-vie et des liqueurs, etc., et offrant des symptômes hystériques, accompagnés de céphalalgie ou de tristesse et même d'hypochondrie, etc.; eh bien, il est remarquable et merveilleux à la fois de voir, dans des cas semblables, l'hydrothérapie maritime, la douche écossaise surtout, calmer comme par enchantement des symptômes aussi fatigants et aussi graves et pour la mère et pour l'enfant, et cela en si peu de temps, puisque avec un traitement de quelques semaines, on rend leur état de santé incomparablement meilleur.

Il est certain que l'action de l'hydrothérapie maritime ne s'arrête pas à cette phase de la grossesse, et qu'elle peut avoir une influence considérable sur ses produits; lorsque la mère est forte, surtout bien portante, elle est apte à mieux supporter la fatigue et les douleurs inséparables de la parturition ; les muscles, plus énergiques, remplissent leurs fonctions avec plus de puissance et de facilité, le moral de la mère surtout est meilleur, l'enfant lui-même, dans cette opération, ne reste pas toujours complètement passif dans ses évolutions obstétricales ; on voit tous les jours se prolonger l'expulsion du fœtus par sa mort.

Aussi, un sujet qui s'est développé régulièrement, sans secousses fâcheuses, qui a parcouru les phases de la vie utérine, sans accidents capables d'entraver son développement, est plus apte à conserver dans sa nouvelle existence, les bénéfices de sa plasticité première ; c'est ce qu'il est facile de constater chez mes six jeunes femmes, et surtout sur leurs enfants.

Voici une nouvelle malade à laquelle je viens de donner des soins, dont la guérison rapide va prouver la puissance de l'hydrothérapie chaude et froide sur l'allaitement.

Observation IX.

Tout dernièrement, le 25 janvier 1878, Mme Le ***, grande, mince, lymphatique et nerveuse, âgée de 21 ans, vint me consulter ; jeune fille, sa santé a toujours été satisfaisante ; mariée depuis trois ans elle a eu deux enfants bien portants ; le second a quatre mois et demi.

Peu de temps après la naissance de ce dernier, à la suite d'une scène que lui fit son mari en état d'ivresse, elle fut prise tout d'un coup de chloro-anémie... A partir de ce jour, sa santé déclina sensiblement, elle continua néanmoins l'allaitement de son enfant, qui, lui, ne souffrit en rien de l'état de santé de sa mère.

Lorsque je la vis voici ce que je constatai :

La malade, très-pâle, maigre, a la figure altérée; ses traits portent l'empreinte de la souffrance et du chagrin, ses muqueuses supérieures sont décolorées et sèches, un tremblement nerveux agite tous ses membres ; elle est oppressée au point de ne pouvoir parler qu'avec précaution ; sa marche est pénible et chancelante, elle a de la fièvre, 120 pulsations avec un pouls sans ampleur: appétit et sommeil nuls, elle a des sueurs nocturnes très-abondantes ; depuis huit jours, toux persistante accompagnée d'une expectoration abondante ; son lait est tari depuis deux jours, aussi veut-elle sevrer son enfant, n'ayant, dit-elle, plus rien à lui donner.

Par cet examen minutieux il m'a été facile de me rendre compte de la cause de ces symptômes et de constater la présence de la chloro-anémie, accompagnée d'une bronchite assez légère mais augmentée par l'état de faiblesse de la malade ; je ne jugeai pas le sevrage de l'enfant nécessaire et je conseillai les douches écossaises en raison de sa faiblesse excessive, de son état nerveux prononcé et de la mauvaise saison. J'administrai la première douche le même jour, 15 secondes d'eau à 41 degrés et une demi-seconde à 10 degrés. A la troisième douche, le lait était remonté. Aujourd'hui 1er février, septième jour de traitement (deux douches par jour), la malade est en pleine voie de guérison, appétit et sommeil sont revenus ; les forces s'accentuent de plus en plus après chaque douche ; la transpiration nocturne a complètement disparu et la malade a repris ses occupations de mère de famille, qu'elle avait été forcée d'abandonner depuis plusieurs semaines.

En la douchant il m'a été facile de constater la susceptibilité exagérée produite par le contact de l'eau froide, aussi ai-je été forcé de passer rapidement le jet de la pomme d'arrosoir sur le dos et sur la partie postérieure du corps pour que la sensation du froid, *horrible pour elle*, n'ait que la durée d'un éclair ; elle fut néanmoins suffisante pour remplir les indications données.

L'impressionnabilité de la malade à l'égard de l'eau froide était telle qu'elle n'aurait jamais pu la supporter d'emblée, il aurait fallu, pour obtenir la tolérance voulue, se servir des moyens transitoires décrits par Fleury et perdre ainsi un temps précieux, des semaines, plus peut-être, en admettant qu'elle eût jamais été à même de la supporter?

Par la douche écossaise, je puis constater de suite la tolérance plus ou moins grande du malade pour l'eau froide en diminuant progressivement la durée de l'eau chaude, pour arriver insensiblement et sans secousses fâcheuses ou désagréables à l'emploi de l'eau froide seule.

Si cette guérison s'est effectuée si promptement, c'est évidemment au peu de durée de l'affection, qui n'avait pas encore atteint profondément la constitution de cette jeune femme; aussi l'hydrothérapie a-t-elle été toute-puissante.

D'après ces faits, il serait peut-être prématuré de conclure d'une manière complètement affirmative à l'égard de l'action reconstituante de l'hydrothérapie dans les diverses phases de la grossesse, aussi je les soumets à l'investigation de mes très-honorés confrères, pour appeler sur eux l'attention qu'ils méritent et surtout celle des médecins hydropathes.

Si depuis longtemps j'emploie, sans crainte aucune, les douches générales écossaises dans la majorité des cas, et indifféremment à toutes les époques de la grossesse, si je les applique aussi dans la plupart des affections chroniques de la matrice, particulièrement lorsque l'anémie, ou une grande faiblesse, complique ou domine l'état morbide, quel qu'il soit, c'est que j'en obtiens des effets avantageux comme je viens d'en donner des preuves. Il n'en est pas de même des douches locales, dont l'effet direct, sur les parties lésées, exige la plus grande prudence et les plus grandes précautions. J'en dirai autant des injections qui peuvent, par le fait, devenir douches plus ou moins actives, selon qu'elles sont administrées avec des instruments ayant une certaine puissance, telles que les douches ascendantes rectales, vaginales et autres, ou que l'on administre dans de certains établissements; ces douches, appliquées avec négligence, peuvent, par leur stimulation, fournir des résultats fâcheux, soit en réveillant des états pathologiques latents, comme des névralgies, des métrites, des métrorrhagies, etc., qu'on croyait guéries, soit dans d'autres circonstances, comme dans la grossesse commençante et même avancée, en déterminant des avortements.

Une injection tiède ou fraîche avec un instrument qui amène simplement le liquide sur le col et dans le vagin, liquide sans action, n'offre pour ainsi dire aucune espèce de danger.

Si, au contraire, ce liquide est chargé de principes médicamenteux actifs, l'injection aura une action d'autant plus prononcée, que l'agent dont on se servira sera plus énergique; aussi, presque toutes les eaux minérales et surtout celles de la mer, exigent-elles la plus grande réserve en raison de leurs propriétés plus excitantes; aussi, depuis longtemps, ai-je renoncé à l'emploi de cette dernière pour les injections vaginales; en revanche, dans les injections rectales, elles me servent à combattre avec avantage des constipations opiniâtres, etc. Si l'instrument qui sert aux injections possède une certaine force, comme cela a lieu, il y a en plus de l'action médicale, une action mécanique souvent plus active que la première.

La flagellation de l'injection sur la muqueuse vaginale et sur le col utérin peut déterminer des effets inattendus; j'ai vu des injections aussi bien que des douches vaginales ascendantes donner des névralgies utérines et réveiller des métrites et des métrorrhagies en déterminant des congestions actives.

Dans des conditions particulières, on comprendra facilement que certaines douches et certaines injections, même à l'eau pure, pourront avoir plus de puissance que toute autre avec de l'eau plus active employée sans force mécanique, aussi je l'avoue, jamais dans les cas douteux, jamais dans la gestation commençante surtout, je n'oserai me servir de ces moyens, car on ne sait au juste où leur effet pourra s'arrêter.

A quels signes caractéristiques peut-on limiter la durée rationnelle d'une douche locale et surtout d'une douche vaginale? C'est on ne peut plus difficile à formuler, et ce n'est que sur le résultat obtenu que la question peut être résolue, et, il faut l'avouer, il serait un peu tard, s'il y avait avortement.

Puis enfin, quand bien même cette douche serait bien supportée, ce ne serait certes pas une raison pour qu'elle fût efficace. L'expérience m'a démontré que des douches peuvent être parfaitement données et parfaitement reçues et ne produire aucun effet curatif, comme on en verra des exemples plus loin.

Dans l'indécision, je pense qu'il est préférable de ne pas agir directement sur l'organe, puisqu'on est certain, à l'aide de la douche générale (écossaise ou froide), de réagir toujours sur l'état local, en modifiant favorablement l'état général ; c'est ainsi que j'obtiens la guérison de déplacements utérins et d'affections chroniques de ces organes, je citerai même un cas d'ulcération du col qui avait nécessité, à plusieurs reprises, des cautérisations, faites sans succès, par le Dr Depaul, chez une jeune femme, Mme Dela..., qui vient de guérir parfaitement après trois mois d'hydrothérapie maritime. Dans ce cas, comme dans ceux qui précèdent, j'évite non-seulement de diriger le jet sur les parties malades, mais dans leur voisinage.

L'utérus est un organe d'une sensibilité prodigieuse, il sent à sa manière, tantôt il offre une susceptibilité exagérée, tantôt il semble inerte; de là la difficulté de se guider sûrement et de l'attaquer rationnellement.

Il y a trente ans, j'ai été appelé à donner des soins à une jeune femme primipare, Mme Tal..., du Mans, soignée par son médecin pour une aménorrhée et quelques symptômes nerveux peu importants ayant pour cause une grossesse commençante restée inaperçue. Il prescrivit tous les jours une promenade de plus d'une heure, dans une charrette non suspendue, afin de rétablir les fonctions cataméniales, la malade supporta parfaitement cet exercice immodéré pendant deux mois; chaque séance était suivie de douleurs dans les reins et dans le ventre, de courbature, etc., etc. Enfin, la grossesse devenue trop évidente, son médecin fit cesser l'emploi de ce moyen; la gestation marcha admirablement jusqu'à la fin; dix jours avant l'époque de la délivrance, la malade, ayant glissé sur un trottoir sans cepen dant faire de chute, sentit une vive douleur à la partie droite du ventre et accoucha dix jours après, à terme, d'un enfant mort. A partir de l'accident, les mouvements de l'enfant diminuèrent de vigueur et cessèrent au bout de quelques jours; la parturition dura vingt-quatre heures sans arrêts et fut très-douloureuse, bien que la mère fût bien constituée et forte; enfin la délivrance eut lieu, les suites de couches ne laissèrent rien à désirer, et cependant, le huitième jour, Mme Tal... fut foudroyée subitement en s'asseyant sur son lit.

Pour conclure, je dirai : autant la douche générale est favorable pour agir à la fois sur l'état constitutionnel des malades et sur les symptômes locaux qui en caractérisent la forme, autant la douche locale interne ou externe peut devenir nuisible si elle n'est pas sévèrement surveillée; sur ce point, l'injection, dans certaines conditions, peut offrir le même inconvénient.

En résumé : jamais la douche générale, donnée rationnellement, à moins d'être contre-indiquée complètement, n'augmentera les douleurs locales que momentanément et sans aggraver la situation du malade, tandis que la douche locale pourra, dans la majorité des cas, exaspérer les symptômes et les faire passer à l'état aigu. Ce sont ces motifs qui, au début, non-seulement des affections utérines, mais encore de toutes les autres en général, m'ont déterminé à retrancher de ma thérapeutique balnéaire les douches locales et même les injections énergiques.

Cette détermination, en quelque sorte absolue, à l'égard de la thérapeutique médicale, n'offre pas la même exclusion à l'égard de la thérapeutique chirurgicale qui, dans une foule de cas, appelle à son aide le concours des douches générales et locales.

SECONDE PARTIE

Maintenant que nous avons fait ressortir, dans la première partie de ce travail, les effets curatifs de l'hydrothérapie maritime dans l'anémie, les affections utérines, dans l'état de vacuité et celui de grossesse, etc., nous allons faire connaître son heureuse influence dans le rhumatisme articulaire général, la scrofule et le rachitisme, etc., et surtout son immense avantage, comme traitement préventif, dans tous les états morbides, obéissant aux servitudes héréditaires, états des plus variés et dont les formes peuvent rester plus ou moins voilées, jusqu'au jour où une cause accidentelle, souvent d'apparence légère, leur donne tout à coup une forme caractérisée. Nous terminerons par l'influence de la douche écossaise sur l'état nerveux prononcé, et de ses effets divers, sur quelques cas de syphilis constitutionnelle.

Obs. X. — Affection arthritique, rhumatisme articulaire général, péricardite consécutive, pleurésie diaphragmatique avec congestion de la base des deux poumons; guérison.

Le nommé Dubois, chef de train au chemin de fer du Tréport, fut pris, le 17 mai 1876, pendant son service, d'une douleur dans les articulations des pieds; cette douleur l'empêchait de marcher ; il dut cesser son service.

Deux jours après, la douleur avait gagné le genou gauche ; le lendemain, la main droite. Le malade souffrait plus ou moins de toutes ses articulations, qui étaient tuméfiées et un peu douloureuses sans changement de couleur à la peau ; ses mouvements étaient très-difficiles et surtout douloureux, le tout accompagné de fièvre, de soif modérée et d'anorexie prononcée ; c'est le 22 seulement que je fus appelé auprès de lui, et voici le résultat de mon examen :

Il était couché sur le dos, le fond du teint était jaune avec des couleurs, il avait de la fièvre (102 pulsations), la peau chaude, le front ruisselant de sueur, il n'osait faire aucun mouvement dans la crainte d'augmenter ses douleurs articulaires, le cœur était intact, la langue, jaune et très-épaisse, indiquait avec le teint du malade le manque d'appétit et le dégoût pour les aliments, un état suburral prononcé, cependant les selles étaient régulières.

Traitement : ipéca, 2 grammes après les vomissements, thé et citron ; diète.

Le 23. Le malade était mieux, le teint meilleur, la langue beaucoup moins épaisse, l'état général plus satisfaisant, un peu moins de fièvre, mais les douleurs articulaires restaient à peu près les mêmes :

Sulfate de quinine 0,35 centigrammes.
Extrait aconit 0,10 —

pour une dose à prendre toutes les trois heures; continuation du thé et du citron.

Le 24. Mieux; le malade souffre moins, mais il a deux fois dans les vingt-quatre heures, à dix heures et demie du matin et à la même heure le soir, une recrudescence périodique. Je continue les doses de quinquina et d'aconit fractionnées, et, deux fois dans les vingt-quatre heures, j'adjoins à cette médication 50 centigrammes de sulfate de quinine à prendre deux heures avant les accès; diète.

Le 25. Les douleurs ont diminué et les paroxysmes sont moins longs et plus faibles; continuation du même traitement; bouillon et eau vineuse.

Le 26. Le malade est mieux, ses douleurs articulaires ont cessé, mais les articulations, gênées dans leurs mouvements, sont encore empâtées; l'appétit revient et le sommeil également.

Cessation de la quinine et de l'aconit, frictions des articulations malades avec le baume Opodeldoch.

Le 27. Le malade a passé une mauvaise nuit; il n'a pas eu précisément de fièvre, dit-il, mais il a été extrêmement agité.

Au milieu de la nuit il a eu un frisson qui a duré deux heures; lorsque la chaleur est arrivée, il a été pris d'une petite toux sèche et fréquente accompagnée de dyspnée; à mon arrivée le malade était couvert de sueurs.

Le pouls était un peu peu vif (82 pulsations), mais ni trop plein, ni trop dur, la respiration assez fréquente s'accompagnait parfois de dyspnée et de palpitations passagères, la percussion signalait un peu de matité à la partie inférieure du cœur.

A l'auscultation, on constatait un léger bruit de frottements passagers, dû sans doute à une exsudation plastique à la partie inférieure du péricarde, les bruits valvulaires un peu voilés étaient plus ou moins sourds par instant.

Les poumons étaient sains; le malade expulsait par moments, par l'effet d'une petite toux sèche et incessante, quelques crachats insignifiants; en parlant ou en se remuant, cette petite toux devenait plus fréquente.

Reconnaissant dans ces symptômes une péricardite rhumatismale commençante, je fis appliquer immédiatement sur la région du cœur un vésicatoire camphré de 12 centimètres carré, puis je prescrivis uue potion kermétisée avec addition de sirop de pavot. — Tilleul, orange, diète.

Le 28. Le malade est bien ; la dyspnée a cessé, la toux a diminué et les crachats qui sont rares sont expulsés facilement

Sécher le vésicatoire, éloigner les prises de la potion ; bouillon gras, eau vineuse.

Les 29 et 30. Le malade est très-bien ; il est sur le point d'entrer en convalescence ; il a bien dormi ; il commence à se servir de ses jambes et de ses mains, néanmoins je constate sur ses traits une certaine excitation nerveuse qui n'est pas dans son allure habituelle. — Deux petits potages seulement et de l'eau vineuse.

Le 31. A ma visite du matin, il m'apprend qu'il a eu, pendant la nuit, un frisson violent qui a duré une heure, à la suite duquel il a ressenti une douleur à la partie inférieure latérale et antérieure des fausses côtes gauches ; depuis ce moment, la respiration est gênée et fait naître dans le côté malade, une douleur assez vive pour y porter la main ; il a de la fièvre ; il tousse et il se croit très-malade.

J'ausculte la poitrine, la percussion ne donne rien, mais l'auscultation permet d'entendre que la respiration est voilée dans le tissu des poumons, à leurs parties inférieures, de plus elle est fatigante et parfois douloureuse pour le malade et se fait avec peine par des mouvements plus accentués dans les côtes ; elle est courte et anxieuse, la parole est saccadée et brève, il a de la fièvre (100 pulsations) et paraît très-excité. Cette nouvelle localisation de l'état rhumatismal, offre les caractères d'une pleurésie diaphragmatique.

Traitement: vésicatoire de 25 centimètres à la base de la poitrine. La même potion : vomitif pour faciliter l'expulsion des rachats qui nécessitent des efforts considérables faisant souffrir le malade, quelques pilules de musc pour enrayer l'état nerveux qui est très-prononcé. — Tilleul orange et quelques tasses de bouillon léger. — Le ventre est toujours resté libre au milieu de toutes ces perturbations.

1er juin. Le malade est presque en convalescence, les symptômes ont cédé à la médication ; il a faim ; il n'est plus le même ; il continue ainsi de mieux en mieux et recouvre ses forces.

Cependant depuis le 15 juin, cette amélioration ne progresse pas ; il tousse toujours un peu ; ses nuits, depuis depuis deux jours, sont sans sommeil et ses forces n'augmentent plus ; son appétit diminue ; il a de temps à autre un peu de fièvre ; il pâlit, sa figure paraît fatiguée, son état général revêt le cachet de l'anémie, ce qui s'opose bien certainement à la guérison complète.

Après l'avoir ausculté et percuté, et après avoir reconnu que le cœur et les poumons ne sont pour rien dans cet état, je crois ne pas me tromper en l'attribuant à l'anémie consécutive qui est le cachet habituel du rhumatisme articulaire aigu ; je lui prescrivis les douches écossaises à l'eau de mer.

La première, qui a duré huit secondes, a été prise le 18 et le 19, le malade m'affirme qu'il a mieux dormi et que la douche lui a fait beaucoup de bien.

Le 21. Le malade ne tousse plus, l'appétit est revenu ; il mange, dort très-bien et a pris aujourd'hui sa quatrième douche.

Le 27. Il est complètement guéri. Je l'engage, par prudence, à continuer l'hydrothérapie pendant quinze jours.

Forcé par l'absence d'un employé de remplir l'office de chef de gare à six lieues de Tréport, il est obligé de s'absenter quatre jours.

A peine arrivé à son poste, il est repris de douleurs rhumatismales musculaires erratiques ; il revient au Tréport ne pouvant se tenir sur ses jambes et ne marchant qu'à l'aide de béquilles, il vient prendre une douche de dix secondes et comme à la première, il souffre davantage après l'avoir reçue ; le lendemain, il souffre un peu moins et le 5 juillet, il est complètement guéri de ses douleurs. Je l'engage à continuer son traitement pendant huit jours encore.

Depuis ce temps jusqu'en 1877 la santé de Dubois n'a pas cessé d'être excellente ; il a même beaucoup engraissé.

Cette observation est le tableau à peu près complet d'une affection rhumatismale généralisée, se localisant sur divers points de l'économie par des poussées qui ont nécessité des moyens énergiques, lesquels cependant sont restés impuissants à en prévenir le retour.

En laissant ces poussées se continuer, il était à redouter d'en voir de nouvelles se produire d'une manière plus violente, sous des formes plus graves, et, dans ce cas, notre malade, affaibli par les souffrances et par les médications précédentes, n'aurait sans doute pas pu lutter avec assez d'avantage ; d'un autre côté, il était à craindre de voir s'exagérer cet état morbide et persistant de faiblesse et d'anémie qui aurait retardé la guérison et favorisé les récidives.

C'est surtout dans ces dispositions constitutionnelles que la douche écossaise à l'eau de mer est appelée à rendre de grands services; quelques douches données à propos suffisent souvent pour imprimer aux systèmes nerveux et capillaire de la pérpihérie, une énergie qui leur faisait défaut, et pour donner à la convalescence une marche plus régulière, plus franche et par conséquent plus prompte.

Peut-être le malade aurait-il guéri sans le secours des douches, mais la convalescence eût certainement marché moins rapidement.

Puisque la douche écossaise est complètement inoffensive dans ses applications et certaine dans ses effets, il est de bonne pratique de ne pas attendre, pour remplir l'indication dominante, la diminution des forces.

Sous aucun point de vue, l'efficacité de cette douche ne peut être mise en doute, n'a-t-on pas vu Dubois en retirer, dès les premières applications, d'excellents effets; plus tard, après un travail trop tôt recommencé, être repris immédiatement de son affection rhumatismale générale, et quelques douches encore arrêter presque immédiatement cette nouvelle poussée.

Dans cette observation, comme dans beaucoup d'autres, l'efficacité de la douche est incontestable.

Après avoir démontré les heureux résultats sur les états pathologiques caractérisés, je ne veux pas continuer ce travail sans donner quelques aperçus sur l'influence de l'hydrothérapie maritime comme traitement préventif, non-seulement pendant l'âge mûr, mais pendant l'enfance et particulièrement pendant la croissance, surtout à de certaines époques difficiles, la dentition, la menstruation, etc.

Dans ces cas, ce n'est pas en tant que douche écossaise, mais en tant que traitement reconstituant que cette douche agit en remplissant le but aussi bien et quelquefois mieux, eu égard à la susceptibilité de certains malades.

Il y a longtemps déjà que Fleury, dans son traité d'hydrologie, regrettait amèrement que l'hydrothérapie ne fût pas appliquée plus souvent aux enfants.

Il avait raison ; car la croissance est certainement chez les jeunes sujets, de toutes les causes déterminantes, la plus fréquente et la plus active; c'est elle souvent qui, pour des raisons diverses, donne un caractère définitif à des affections restées muettes jusque-là.

Je citerai, comme preuve à l'appui, les enfants envoyés chaque année à la mer. A leur arrivée, tous sont plus ou moins pâles, faibles et anémiques et par cela prédisposés au développement des affections dont ils possèdent le germe ; un mois de séjour suffit souvent à les reconstituer et à ralentir le développement des accidents redoutés.

Tout récemment, notre honoré et distingué confrère, M. le Dr Pidoux, dans un travail plein d'intérêt, a appelé l'attention des médecins sur le traitement préventif par les eaux sulfureuses pour éteindre des prédispositions morbides dont il attribue les germes héréditaires à une ou plusieurs des trois diathèses scrofuleuses arthritiques et syphilitiques signalées si judicieusement par lui.

Il prouve que par l'emploi préventif des eaux sulfureuses, il est parvenu à changer des constitutions qui, abandonnées à elles-mêmes, auraient fini, connaissant leurs antécédants héréditaires, par donner naissance à des états morbides caractérisés et par cela même plus graves.

Ce que les eaux sulfureuses peuvent faire, la mer le peut également et avec de certains avantages.

Les eaux thermales ont généralement une action plus ou moins spéciale sur un ensemble de symptômes, mais à coup sûr les eaux de mer, surtout appliquées en douches chaudes et froides, n'en ont pas un moindre, à des titres et par un mode d'action différent; elles agissent particulièrement en tonifiant l'état général et en rendant au sang ses qualités plastiques; en activant, comme je l'ai déjà dit, les fonctions des capillaires, aussi bien que celles du système nerveux périphérique; c'est cette action spéciale qui tantôt leur donne une efficacité parallèle, tantôt en fait le complément nécessaire.

L'hydrothérapie maritime et surtout la douche écossaise, comme beaucoup d'eaux thermales, guérit en agissant particulièrement sur les diathèses, les affections scrofuleuses confirmées, les caries, les adénites, les périostites, etc.; ces mêmes agents thérapeutiques doivent agir avec la même énergie lorsque le principe morbide auquel ils obéissent n'est encore qu'à l'état élémentaire.

J'ajouterai que la mer a, sur la plupart des eaux thermales, l'avantage de pouvoir être administrée facilement en toutes saisons et par tous les temps.

J'ai eu à doucher, cette année, une quarantaine d'enfants qui, tous (sans exception), ont bénéficié de l'hydrothérapie maritime au point d'étonner leurs parents; deux surtout, dont je vais rapporter l'observation, vont prouver, d'une manière incontestable, l'influence puissante et immédiate des douches comme moyen préventif et comme moyen curatif.

Observations XI et XII.

La famille Ch..., israélite, est arrivée au Tréport le 30 juille 1877; elle se compose de quatre personnes :

Le père presque toujours malade;

La mère, grosse, grasse, lymphatiqne et molle, atteinte depuis sa jeunesse d'une ophthalmie scrofuleuse:

Le fils aîné, âgé de 12 ans, essentiellement scrofuleux, malade depuis sa naissance; il a été pris il y a six ans d'une coxalgie du côté gauche, qui se termina par une ankylose et un raccourcissement du membre de 5 centimètres.

Plusieurs mois après, il survint successivement sur la région fessière, autour de l'articulation malade, quatre abcès froids qui furent ouverts à l'aide de la potasse caustique par le Dr Jules Guérin.

Un an plus tard, des douleurs se firent sentir au tiers supérieur du fémur gauche, lesquelles, après avoir persisté pendant des années, se terminèrent par une périostite suppurée, malgré un traitement énergique et six semaines de douches d'eau de mer prise au Havre; le Dr Guérin donna, par une incision, issue à la collection purulente; un drain fut placé dans la fistule qui en fut la suite.

Ce malade en arrivant au Tréport était pâle, maigre et anémique au suprême degré, puis dyspeptique et anorexique. La plaie qui avait un mauvais aspect donnait chaque jour une cuillerée et demio de pus mal élaboré et il souffrait de sa cuisse; son aspect était celui d'un scrofuleux en mauvais état.

La jeune fille de 8 ans, lymphatique exagérée, n'avait jamais offert de stabilité dans sa santé; sans être gravement malade, elle ressentait toujours quelque malaise, soit à la tête, à l'estomac et au ventre, etc. Elle était chétive et mince, ne mangeant que capricieusement, dormant mal et étant toujours plus ou moins faible ; elle avait souvent de la fièvre.

Quand je la vis pour la première fois, elle était pâle et verte, se tenant à peine sur ses jambes, son air triste marquait la souffrance; elle avait des deux côtés des mâchoires inférieures plusieurs glandes légèrement douloureuses; sa peau était jaune et terreuse, le pouls petit et mesquin, indiquait l'anémie, prouvée du reste par la décoloration des membranes muqueuses; son état général me paraissait beaucoup plus compromis que celui de son frère ; chez ces deux malades, les douches me semblaient également indiquées : chez l'aîné pour le guérir de sa scrofule caractérisée; chez la jeune fille pour empêcher son état diathésique de prendre un corps ; tenant compte de leur faiblesse et de leur susceptibilité nerveuse, j'eus recours à la douche écossaise, qui chez la jeune fille fut continuée jusqu'à sa guérison, tandis que chez le garçon elle a pu être remplacée avantageusement par la douche froide.

Après qninze douches générales, le garçon offrait un mieux sensible; forces et appétit revenaient, son visage traduisait le changement favorable survenu dans sa santé ; bien que les douches ne portassent pas sur la plaie couverte de son pansement pendant leur durée. Elles augmentèrent la sécrétion purulente, le pus devint de meilleure qualité, puis vers le douzième jour il commença à diminuer de quantité.

Chez la jeune fille, au contraire, le traitement, pendant les quinze premiers jours, ne parut produire qu'un changement médiocre ; ce ne fut réellement qu'au bout de trois semaines qu'elle commença à répondre franchement à la médication ; mais alors les choses changèrent d'aspect avec une promptitude extrême. Malgré ce retard apparent de l'effet de l'hydrothérapie et après cinq semaines de traitement seulement, une douche par jour, ces deux enfants furent complètement guéris.

La fistule du frère cicatrisée, l'état général totalement changé.

Les glandes de la sœur non-seulement disparurent, mais les forces et la gaîté revinrent.

Ces deux enfants étaient littéralement transformés.

Ces deux cas font bien ressortir la différence existant entre la médecine curative et la médecine préventive.

Cette différence, cependant, n'est que relative puisque ces médications guérissent toutes deux, quoique à des points de vue différents; tandis que l'une s'adresse à un état caractérisé et acquis (la scrofule confirmée), l'autre s'adresse à un état morbide resté indéfini jusqu'à ce jour, mais n'attendant cependant qu'une occasion favorable pour prendre une forme précise.

Il est à remarquer que l'action hydrothérapique s'est fait sentir plus rapidement chez le frère que chez la sœur; ne pourrait-on pas en inférer que si cet effet curatif a été plus prompt et plus actif sur l'affection confirmée du garçon que sur celle de la sœur, qui ne l'était pas, la douche aurait moins d'action sur les prédispositions, sur la diathèse en puissance que sur les effets réalisés?

Cette observation, en ce qui concerne le traitement préventif, est peut-être la centième de ce genre que ma longue pratique de l'hydrothérapie m'ait donné l'occasion de relever.

Il est inutile de faire ressortir ici l'état scrofuleux de tous les membres de cette famille, quoique à un degré différent, ainsi que la même médication qui a agi aussi avantageusement sur les deux sujets auxquels j'ai donné mes soins.

Ces deux petits malades sont guéris des manifestations morbides, il est vrai, mais cependant je suis loin d'admettre qu'ils soient, pour l'avenir, complètement à l'abri de toute atteinte nouvelle; plus que jamais, ils doivent être surveillés avec soin, et si les symptômes scrofuleux ont été masqués ou guéris, la diathèse elle-même n'a pu être vaincue complètement; c'est pourquoi le traitement préventif doit être repris de temps en temps et avec persévérance (conditions de modification profonde et durable); cinq semaines de traitement ne sont pas suffisantes pour changer complètement des constitutions aussi accentuées.

La petite fille n'a encore que peu de forces, et sera soumise pour longtemps encore aux influences variées de la croissance, une des causes déterminantes des plus actives des manifestations diathésiques; de plus, il reste à l'enfant bien des années à parcourir avant d'être formée; époque de la vie d'une jeune fille qui est le plus souvent cause de ces mêmes manifestations.

Le garçon, guéri, depuis quelques semaines, d'une affection contre laquelle il a fallu lutter pendant six ans, n'est pas non plus affranchi de toutes craintes.

Voici un cas de rachitisme constitutionnel guéri complètement par les douches à l'eau chaude et froide.

Observation XIII.

Le petit Edmond Bré... m'a été adressé au mois de décembre 1873 par le Dr Demarquay, pour une arthrite rachitique double des genoux datant de la naissance et contre laquelle avaient été essayés infructueusement tous les moyens préconisés.

Agé de 5 ans, ce petit malade maigre et chétif offrait au plus haut point le cachet du rachitisme constitutionnel; privation d'appétit et de sommeil, manque de force, système nerveux très-développé, intelligence plus que précoce, etc. Néanmoins certains jours on pouvait le placer dans un fauteuil et l'y voir rester plusieurs heures sans bouger... Il avait le plus souvent horreur du mouvement, il était presque toujours dans un état fébricitant qui le quittait et le reprenait irrégulièrement et plusieurs fois par jour; toutes ses articulations, grosses, étaient trop développées relativement à sa taille et à l'état grêle de ses membres; le plus souvent, leur susceptibilité douloureuse l'empêchait de marcher..., et lorsqu'il pouvait se servir de ses jambes après l'apaisement des douleurs, il ne pouvait le faire que péniblement et en se tortillant.

Les deux genoux offraient le développement de ceux d'un enfant de 10 ans, son ventre était très-gros, et sa tête très-volumineuse aurait pu appartenir à un sujet de 12 ans.

Je laissai le malade s'acclimater pendant huit jours et je le mis ensuite à l'usage des douches écossaises générales.

Après trois mois de séjour et de traitement, sa transformation et sa cure étaient si complètes que sa mère, venue au Tréport pour le chercher, ne pouvait le reconnaître, débarrassé complètement de cet aspect de petit vieux qu'il possédait depuis sa naissance.

Observation XIV.

Pendant le mois de novembre dernier je fus aussi à même de soigner un enfant de 10 ans, scrofuleux, anémique et dyspeptique, Raoul le hid...

Son père, scrofuleux, est devenu aveugle par suite d'ophthalmies répétées.

Sa mère, lymphatique, a des glandes engorgées à la mamelle gauche depuis plusieurs mois.

Le fils, scrofuleux constitutionnel, a presque toutes les glandes cou plus ou moins engorgées, ce qui l'oblige à incliner la tête sur l'épaule droite.

Trois de ces glandes sont ramollies et en voie de suppuration; il est depuis plusieurs mois anémique, dyspeptique et sans force, avec un appétit capricieux, souvent nul, et un sommeil irrégulier, puis avec cela plusieurs plaques d'impétigo granuleux du cuir chevelu.

Six semaines de traitement par les douches chaudes et froides générales ont amené la guérison; à la quatrième douche, une des trois glandes s'est abcédée, mais sans laisser aucune trace cicatricielle apparente; la résolution a eu lieu dans les deux autres.

Toutes les autres ont disparu et le cou de ce malade qui, à son arrivée chez moi, était gros et bosselé, est revenu à son état normal; les plaques d'impétigo ont disparu et les cheveux repoussent; l'enfant a pu retourner au collége et y reprendre ses études.

Les observations qui vont suivre, prouveront, d'une manière incontestable, l'influence curative des douches salées dans les affections, ou plutôt dans certains états morbides non caractérisés.

Observation XV.

Mlle Louise Hu..., âgé de 8 ans, lymphatique, fille d'un père mort jeune et presque subitement d'une affection mal définie, et d'une mère essentiellement lymphatique et nerveuse ; est venue au Tréport avec sa mère à laquelle je donnais des soins pour un état chloro-anémique remontant à l'époque de sa menstruation et persistant malgré son mariage et la naissance de deux enfants.

Inutile de dire que la mère guérit parfaitement par l'hygiène et les douches.

Au mois de novembre 1871, à l'examen de l'enfant, je constatai un état de santé chancelant, malgré l'apparence du contraire et une certaine bouffissure du visage simulant l'embonpoint qui cependant ne laissait pas que d'inspirer de vives inquiétudes à sa mère...

Elle m'apprit que chaque année depuis trois ans, au commencement de l'hiver, en dépit de toutes les précautions et de la flanelle dont on la couvrait (et peut-être même à cause d'elle), elle prenait une bronchite qui durait pendant des mois et ne se passait complètement qu'au retour de la belle saison... Au moindre changement de température, la toux devenait plus fréquente et était souvent accompagnée de fièvre qui la forçait à garder le lit.

Pendant les chaleurs, la petite fille était languissante et plus abattue, sans force et incapable de faire la moindre course sans fatigue ; son appétit était variable et la croissance quoique assez régulière ne se faisait pas d'une manière satisfaisante.

L'hiver précédent, son affection des bronches avait été si intense qu'on eut pendant plusieurs jours des craintes pour sa vie ; cette disposition allait en augmentant chaque année.

J'examinai la poitrine et le cœur qui n'offraient rien de particulier ; les battements de ce dernier étaient clairs et un peu bruyants ; rien autre, si ce n'est l'anémie facile à constater qui depuis plusieurs années, sous l'influence de la croissance, provoquait le retour des accidents.

Je prescrivis l'hydrothérapie et nous commençâmes de suite les douches écossaises, afin de prévenir l'invasion annuelle de son état catarrhal.

Les premières furent de 6 secondes que j'augmentai graduellement jusqu'à 12 ou 14, sans jamais les dépasser ; je profitai de cette occasion pour supprimer la flanelle. L'enfant et la mère passèrent une partie de l'hiver au Tréport et en partirent guéries.

Trois hivers consécutifs elles revinrent se fixer de décembre à février au bord de la mer, sans que jamais les accidents qui les y avaient amenées eussent reparu.

La petite Louise, aujourd'hui 1877, a 12 ans; sa santé est parfaite, elle est grande et forte, bien développée, et tout porte à croire qu'elle sera réglée probablement avant deux ans.

Son frère, qui était à peu près dans les mêmes conditions de santé, sans symptômes accusés, a été soumis au même traitement et en a retiré les mêmes avantages ; sa santé est parfaite, de variable qu'elle avait toujours été depuis sa naissance.

D'après l'observation précédente, l'avenir de la jeune Louise n'était peut-être pas gravement compromis; cependant la persistance de cet état des bronches, augmenté chaque année par l'anémie, et sans doute déterminé par elle, aurait fini par donner peut-être plus d'importance aux symptômes morbides, et, sous l'influence de la croissance, par compromettre constitutionellement la santé de l'enfant même avec la certitude de la voir guérir un jour ; ne valait-il pas mieux régulariser cet état le plus promptement possible : c'est ce qu'a fait l'hydrothérapie préventive en modifiant complètement son tempérament.

Observation XVI.

Pendant la saison dernière j'ai été appelé à donner des soins à une petite fille, Marthe Sa..., âgée de 3 ans.

Son père, lymphatique et nerveux exagéré, atteint depuis vingt ans d'un eczéma chronique résistant à tous les moyens employés a vu disparaître son affection sous l'influence de l'hydrothérapie maritime et rétablir son sommeil, son appétit et ses forces.

La mère de l'enfant, grande, portant sur elle les stigmates de scrofule confirmée, se porte bien.

Depuis sa naissance, l'enfant, sans avoir d'affection bien caractérisée, est molle et lymphatique et nerveuse, sans appétit, sans sommeil et sans force ; elle n'aime ni le jeu ni le mouvement.

Après un mois de séjour au bord de la mer, sans profit pour elle, je lui fis prendre des douches de 10 secondes à l'eau chaude et froide.

Deux mois de traitement suffirent pour la guérir et lui rendre avec l'appétit et le sommeil toute la vivacité et la gaîté de son âge.

Dans l'observation suivante, l'intervention balnéaire, plus sérieuse, a donné les plus heureux résultats.

Observation XVII.

Le 15 août 1877, je fus appelé pour le fils de Mme Ge... Cet enfant a 11 ans, il est grêle et fluet et surtout lymphatique et nerveux.

La mère, lymphatique exagérée avec des symptômes apparents; le père, rhumatisant, goutteux, diathésique, avec l'aspect d'un ramolli.

Depuis deux jours, l'enfant a de l'embarras de l'estomac pour lequel je conseille un vomitif.

La mère me fait observer que la maladie de son fils est dans sa tête, que de ce côté il souffre continuellement et qu'il a depuis plusieurs années des congestions cérébrales accompagnées de saignements de nez auxquels on a opposé plusieurs fois des sangsues et des purgatifs; que, du reste, son inquiétude est d'autant plus grande qu'elle a déjà perdu dans de semblables conditions un fils qui a fini par succomber à une méningite tuberculeuse.

Plusieurs de ces enfants portaient des traces caractéristiques de scrofules... Une des filles avait une carie d'une des côtes en voie de guérison; en résumé, comme le petit malade avait la langue large et épaisse, que l'appétit était perdu et qu'il avait eu plusieurs fois des envies de vomir; je maintins mon diagnostic, et mon vomitif produisit quatre effets.

Le lendemain, l'enfant était mieux, il souffrait moins de la tête, il avait mieux dormi; son état saburral se trouvait modifié favorablement.

J'examinai de nouveau l'enfant; la poitrine et le cœur ne m'offrirent rien d'anormal, les battements du cœur étaient clairs et du souffle accompagnant le second temps était répété dans les carotides, le pouls faible et mesquin était nerveux et légèrement irrégulier.

Je déclarai aux parents que l'anémie seule était cause des congestions qui avaient lieu vers la tête, que dans de telles conditions les épistaxis fréquentes, aidées des saignées et des purgatifs, auraient pour effet de diminuer momentanément les symptômes cérébraux, mais infailliblement d'en augmenter les causes, et que l'hydrothérapie maritime me semblait être présentement le meilleur moyen et le plus énergique à opposer à cet état.

En raison de la susceptibilité nerveuse du sujet, je crus devoir commencer le traitement par la douche écossaise; il en a pris quatre de 10 à 12 secondes... Chacune d'elles deux heures après fut suivie du mal de tête ordinaire, qui persistait une partie de la journée et qui après la seconde douche fut accompagnée d'une légère courbature dans les jambes; à la quatrième, il survint une épistaxis moins abondante que celles qu'il éprouvait habituellement.

Pensant que la courbature était due à la douche chaude générale, je la remplaçai par une douche générale froide de quatre secondes, précédée d'une chaude de douze secondes sur les pieds.

A partir de l'emploi de cette médication, les accidents disparurent, et après un mois de traitement l'enfant avait engraissé d'un kilo.

La courbature ressentie par ce jeune malade, et qui se manifeste dans les cas qui contre-indiquent l'eau chaude, me sert toujours de guide, quant à son emploi : lorsqu'elle se présente, c'est rarement au début, mais le plus souvent, après un certain nombre de douches, dix ou douze, quelquefois plus. Elle se montre d'abord très-légère ; il faut ordinairement deux ou trois jours pour s'en rendre compte ; puis enfin, elle augmente et se dessine carrément, en s'accompagnant parfois d'un peu d'accélération dans le pouls... ; c'est alors qu'on peut la remplacer sans crainte et avec avantage par la douche froide, et c'est particulièrement dans ces conditions qu'il faut, chez de certains sujets, associer, au préalable, la douche chaude sur les pieds à la douche froide pour la rendre favorable.

Cette intolérance de la douche chaude n'est cependant pas toujours définitive, car il m'arrive journellement après cette intolérance, et malgré l'usage de l'eau froide supportée avec avantage pendant plusieurs semaines, d'être obligé de revenir à la douche chaude.

Pour un observateur intelligent, ces cas-là ne sont pas aussi rares qu'on pourrait le croire ; cette année surtout, pendant le mois d'août, alors que la température a été très-variable, j'ai dû souvent substituer l'une à l'autre.

Observation XVIII.

Je douche en ce moment (décembre) Mlle Lef..., fille d'un marin du Tréport, pour une affection chloro-anémique qui a résisté depuis plus d'un an aux médications plus ou moins rationnelles.

A cause de son état nerveux prononcé, j'ai dû commencer, comme je le faisais toujours, par la douche écossaise, qui lui a fait beaucoup de bien ; retour de l'appétit, du sommeil et des forces, etc...

Après trois semaines de son emploi, la température s'est adoucie, le temps est devenu pluvieux (novembre) et les douches ont été suivies de courbature..., il a fallu les remplacer par les douches froides dont elle s'est parfaitement trouvée.

Depuis dix jours que la température a baissé, la réaction après la douche se faisant difficilement, il a fallu recourir à l'eau chaude qui a réussi complètement.

Aujourd'hui (janvier) la guérison est complète.

Si je suis arrivé à saisir facilement ses dispositions variables chez certains sujets, c'est grâce à la tâche que je me suis imposée de ne jamais administrer une douche sans me renseigner sur l'effet produit par la précédente; à l'aide de cette précaution bien simple et qu'un médecin seul peut prendre intelligemment, je n'encoure jamais la possibilité de nuire.

Le cas de Mlle Lef... n'est pas une exception, je l'ai vu se répéter souvent à mon établissement, surtout pendant la dernière saison balnéaire.

Aussi, plus que jamais, suis-je porté à croire, comme je l'ai fait remarquer au commencement de ce travail, que la douche froide ainsi que la douche chaude doivent être employées solidairement sans parti pris pour l'une ou pour l'autre, non-seulement dans l'intérêt des malades, mais encore dans celui non moins grand de la science balnéaire.

Les résultats importants obtenus par les douches préventives chez les malades dont je viens de transcrire les observations, ne laissent rien à désirer : je vais parler de leur influence curative sur l'état nerveux qui complique souvent un grand nombre d'affections dans lesquelles prédomine cette disposition. Beaucoup de médecins professent la plus entière antipathie pour l'hydrothérapie maritime en général, et pour les douches en particulier, non-seulement pour les affections dominées par l'état nerveux chez les adultes, mais plus encore chez les enfants.

Rien ne me porte à partager cette manière de voir.

L'état nerveux, plus ou moins extrême, est un état morbide, le plus souvent complément d'un état pathologique, dont il est tributaire, et qui se développe certainement aux dépens de l'équilibre de toutes les fonctions, plutôt qu'une maladie spéciale.

Si, par un moyen thérapeutique quelconque, on parvient à modifier la cause qui le détermine, il est évident que les symptômes nerveux n'auront, pas plus que les autres, raison de résister au traitement employé ; aussi, lorsqu'il accompagne une affection caractérisée, quelle qu'elle soit, je ne ne lui donne jamais plus d'importance qu'à un symptôme accidentel, et encore au point de vue pratique de l'administration de la douche, par rapport à la susceptibilité plus ou moins grande du malade, l'observation suivante va démontrer, d'une part, l'influence heureuse de la douche à l'eau de mer, dans le cas qui nous occupe, et de l'autre, l'insuffisance marquée de l'eau douce pour calmer les symptômes nerveux.

Observation XIX.

Mlle Ag... m'a été recommandée au mois d'août 1876 par la lettre de mon très-honoré confrère le Dr E. Besnier.

« Mon cher confrère,

« Sous peu de jours, la famille Ag... arrivera au Tréport et je « m'empresse de la recommander à vos bons soins.

« M. Ag... a cinq enfants, une fille d'un premier lit ; les autres, « trois garçons et une petite fille allaitée, sont du lit actuel.

« Cette fille aînée (18 ans), depuis une fièvre typhoïde éprou- « vée au Chili, dans l'enfance, a toujours eu la tête faible et est « restée arriérée ; réglée cependant, atteinte d'ozène, j'avais cru « agir utilement en la faisant passer l'hiver et l'été au bord de « la mer, et pour cela elle était allée dans le meilleur pensionnat « de Dieppe ; l'ozène s'est très-amélioré, mais il y a cinq se- « maines environ, sous l'influence d'idées mystiques et reli- « gieuses et peut-être sous l'influence de l'ennui, de la pension, « la jeune fille a été prise d'un délire *aigu, violent au début* ; je « l'ai fait revenir de suite à Paris, et depuis trois semaines, je « l'ai soignée avec le concours du Dr Luys, aliéniste distingué « (comme vous le savez). Un peu d'amélioration est survenue. « Nous avons remis la jeune fille dans la vie et sur pieds ; elle « mange à table, va, vient, etc., etc., mais le cerveau est *tou- « jours malade*, un accès de mélancolie avec hallucinations, ter- « reur, idées erronées, etc., etc., s'est manifesté.

« En principe, le traitement que nous avons arrêté est toniques: « alimentation très-soutenue ; mais garde-robes fréquentes, « nécessaires, puis vos soins, médication hydrothérapique à « L'EAU DOUCE, sédative pour la tête, avec de grands ménage- « ments, dérivation sur les extrémités, de temps à autre vers « les régions utéro-ovariennes pour tâcher de rappeler le flux « menstruel qui a manqué cette dernière fois.

« Je la confie en toute sécurité à vos soins éclairés ; c'est une « douce et inoffensive malade qui doit être gouvernée par vous « au jour le jour, surtout pour diriger et apprécier même l'hy- « drothérapie, dont les premières approches devront être très- « modérées, pour ne pas l'effrayer.

« Le moyen employé pour donner des garde-robes toujours « difficiles, a été en dernier lieu les pilules aloëtiques de Paul. « Si cela était insuffisant, vous aviserez ; le Dr Luys demande « au premier chef, une alimentation soutenue. Si ces renseigne- « ments sont insuffisants, je suis tout à votre disposition. »

Je vis cette jeune fille le 1er août 1876 et je fus à même d'apprécier le diagnostic de mes deux éminents confrères ; et j'engageai les parents à la laisser s'acclimater pendant huit jours, en surveillant et soignant son alimentation.

Au bout de ce temps, je la vis une seconde fois et je demandai à ce qu'elle fût amenée à mon établissement pour commencer les douches... si elle voulait y consentir, car à mesure que ses forces revenaient, sa volonté était plus arrêtée.

C'est le 12 août que la première douche a été essayée sur la région postérieure du corps, car la malade n'a jamais voulu consentir à se laisser doucher par devant, et depuis cette première douche jusqu'à la dernière, j'ai respecté sa volonté.

Sur la recommandation de mes honorés confrères j'administrai les douches à l'*eau douce* pendant quinze jours, sur la partie postérieure de tout le corps en évitant de congestionner la tête; je n'obtins aucune *espèce de modification*; la jeune fille n'était pas mieux que le premier jour.

Convaincu que la nature du liquide était pour beaucoup dans ce résultat négatif, je voulus en avoir la preuve, et sans laisser rien soupçonner de mon projet, je lui administrai les mêmes douches à l'eau de mer pure, avec les mêmes appareils et de la même durée, douze secondes, 9° d'eau à 44 degrés et 3° à la température de la mer (16°).

Le lendemain la jeune malade avait mieux dormi, elle était plus gaie et plus libre d'esprit, sa garde malade avait constaté le même changement, je continuai les mêmes douches pendant la durée de son traitement; elle partit de Tréport pendant les premiers jours d'octobre, en parfait état; les forces revinrent assez promptement pour lui permettre, à la fin d'août, de faire à pied des promenades de plusieurs heures, la constipation cédait, son ozène avait disparu, son sommeil se rétablissait et ses règles reparurent sans secousses douloureuses ; elle pouvait s'occuper avec intérêt de musique et de dessin; la vie de relations extérieures était celle d'une jeune fille gracieuse et connaissant le monde, en un mot elle était transformée et aurait pu être considérée comme guérie, mais pour le médecin, les choses n'étaient pas aussi avancées qu'elles le paraissaient, aussi je crus devoir faire valoir auprès de son père les motifs les plus rationnels pour que l'enfant passât une partie de l'hiver au bord de la mer; quelques indices sérieux rendaient pour moi cette mesure nécessaire, il devenait urgent de soustraire cette jeune fille à un sentiment de jalousie, augmenté sans le vouloir sans doute par sa belle-mère, en raison de l'affection plus marquée, qu'elle portait à ses propres enfants.

Le père me comprit d'autant mieux, que c'était au même motif, sans doute, que le Dr E. Besnier avait obéi en conseillant de mettre la jeune fille en pension à Dieppe pour la distraire et la soumettre à une hygiène plus confortable, mais des considérations sociales engagèrent Mme Ag... à emmener sa fille avec elle, et la malade partit.

Après six semaines de séjour à Paris, M. Ag..., voyant réaliser les craintes que j'avais manifestées sur le résultat de sa vie de famille, me demanda comme faveur spéciale, d'accord avec le Dr Besnier, de vouloir bien accepter sa fille comme pensionnaire; la veille du jour fixé pour son départ, sous l'influence d'une cause (que je soupçonne), elle fut reprise, mais plus fortement que la première fois, des mêmes symptômes qui avaient nécessité son départ de Dieppe six mois auparavant. On fut obligé de la faire entrer dans une maison spéciale, où elle est peut-être encore.

Cette observation, sous le rapport de la pratique balnéaire, offre plusieurs points d'étude, elle pourrait en offrir d'autres du point de vue philosophique ; nous nous occuperons seulement des premiers.

Il faut constater d'abord l'influence complètement inerte des douches à l'eau douce, d'autant plus évidente, qu'avec les mêmes appareils, la nature du liquide exceptée, une modification appréciable en bien s'est fait sentir immédiatement chez la malade, sous forme du retour des forces et de la gaieté ; la diminution de sa constipation, le rappel des règles, et enfin l'apaisement de l'état nerveux ; le goût des études revint également, ainsi que le désir d'aller dans le monde, dont elle avait peur quelques jours avant; en un mot, une transformation complète s'opérait... Je ne sais jusqu'à quel point je puis me faire illusion, mais le résultat obtenu par l'hydrothérapie maritime générale, l'amélioration sensible survenue en si peu de temps chez la jeune malade, me permettaient de croire qu'elle devait guérir complètement, surtout en la soustrayant aux causes déterminantes de son état morbide.

Il est facile de constater dans ce cas que les douches d'eau de mer, loin d'exciter, comme on le redoutait, le système nerveux, l'ont rapidement et complètement calmé, en lui rendant ses forces perdues et, par conséquent, en rétablissant l'équilibre de ses fonctions organiques.

Chez cette malade, comme chez bien d'autres, je me suis renfermé dans les limites du programme de mes honorés confrères. Bien que convaincu de l'efficacité de l'eau de mer, me réservant toutefois, au moment opportun, d'intervenir directement en le modifiant selon les indications fournies.

Si j'avais réussi par les douches d'eau douce, j'en aurais été d'autant plus heureux que cet exemple eût été pour moi, au bord de la mer, le premier depuis ma longue pratique.

Je ne partage donc pas l'avis énoncé par la Gazette des eaux : que les douches, quelles qu'elles soient, n'agissent que par leur température et la force des appareils!

Il résulte d'après cette manière de voir qu'un bain de mer de cinq minutes par exemple n'offrirait absolument que les mêmes avantages d'un bain de rivière de la même durée et dans les mêmes conditions.

S'il en était ainsi, il deviendrait inutile d'aller faire de l'hydrothérapie au bord de la mer pas plus que dans les stations thermales les plus renommées, puisque la nature du liquide serait inerte; autant rester chez soi dès qu'on peut avoir à sa disposition de l'eau et des appareils...

On objectera peut-être qu'au bord de la mer, comme aux eaux thermales, il y a en plus l'hygiène et surtout le milieu dans lequel le malade réside; c'est vrai... ; c'est même une condition importante de guérison, mais cette hygiène, toute excellente qu'elle est, peut-elle remplir toutes les conditions de traitement?

La pratique de tous les jours me fournit la preuve de ce que j'avance, je pourrais même citer une foule d'exemples, mais je me contenterai, sans compter celui de Mlle Sa..., dont l'observation précède, de celui de M. Min..., d'Arras, dont j'ai déjà parlé à la Société d'hydrologie, qui, après avoir passé un mois au Tréport à faire de l'hygiène seulement, a dû venir me trouver tout aussi malade qu'à son arrivée et qui a été guéri en cinq semaines, à l'aide des douches, d'une affection qu'il avait depuis dix ans.

Il faut bien le reconnaître, il y a entre l'hydrothérapie à l'eau douce et l'hydrothérapie à l'eau salée une différence telle que beaucoup de malades ne s'y trompent pas; l'impression donnée par l'eau douce, comme j'ai été à même de le constater sur beaucoup de sujets et sur moi-même, est beaucoup plus désagréable et à égale température semble toujours plus froide... Cependant je suis parvenu à rendre cette différence moins grande en employant pour l'eau douce une pression plus forte.

Je pense donc pouvoir conclure hardiment que la douche salée est à la douche d'eau douce ce que le bain de mer est au bain de rivière.

Voici un second cas qui va corroborer le premier sous le rapport de l'insuffisance relative des douches d'eau de rivière dans un état nerveux développé par une métrorrhagie persistante :

OBSERVATION XX.

Une jeune femme de 22 ans, grande, blonde, lymphatique, Mme Bol..., fut envoyée au Tréport par son médecin, en 1873, pour combattre une métrorrhagie survenue six semaines après son accouchement, datant de trois mois, et pour laquelle il a prescrit, à cause de la faiblesse très-grande de la malade, les bains de mer.

Pendant le trajet, l'hémorrhagie, qui s'était calmée depuis quelques jours, reprit son cours.

Consulté par elle, je prescrivis le repos, un peu d'ergot de seigle et la teinture de cannelle.

Quelques jours après, se trouvant moins faible, elle vint prendre quelques douches écossaises à l'eau de mer.

Déjà elle en avait pris huit, dont elle se trouvait très-bien, lorsqu'elle reçut de son médecin, auquel elle avait fait part de son traitement, le conseil de cesser *immédiatement* l'eau salée et de la remplacer par les douches de rivière, la trouvant *beaucoup* trop nerveuse !

Malgré l'amélioration constatée à la suite des premières douches, elle voulut suivre exclusivement ce conseil. Je dus me soumettre, et je remplaçai l'eau de mer par l'eau de la Bresle, qui coule au pied de ma maison.

Mais malgré les quatorze douches qu'elle a reçues, elle est restée exactement dans le même état, sans bénéfice aucun pour ses forces, son état nerveux et sa métrorrhagie.

Il est à remarquer que la malade était envoyée à la mer pour ses bains salés, ce qui n'a pas empêché de refuser les douches !

Je n'ai pas la prétention de croire que cette malade n'aurait pu guérir qu'avec l'hydrothérapie maritime. Je suis persuadé que l'hydrothérapie à l'eau douce est très-puissante dans la métrorrhagie, mais à cause de l'état de faiblesse de la malade, de sa proximité de l'eau salée, cette dernière devenait l'agent par excellence de la guérison.

Voici une observation qui va montrer l'influence calmante des douches écossaises dans un état nerveux exagéré.

Observation XXI.

Le petit Paul Rob, âgé de 23 mois.

Le père, bien constitué, la mère, créole, ayant l'apparence d'une bonne santé, grande, grosse et fraîche avec des couleurs vives, très-lymphatique et molle; malgré cet aspect satisfaisant, elle a eu quatre enfants.

L'aînée, jeune fille tenant du père, assez bien constituée, bien portante mais ne pouvant supporter les bains de mer, même de quelques secondes et se trouvant très-bien des douches chaudes et froides.

Les deux garçons qui naquirent après elle sont morts entre 2 et 3 ans d'affections mal caractérisées mais offrant des symptômes cérébraux.

Le troisième, qui est Paul, le petit malade, est lymphatique et nerveux à l'excès; il est en proie à des colères violentes pour la moindre contrariété, et qui se renouvellent d'autant plus facilement, qu'en raison de sa susceptibilité extrême on redoute de le contrarier; il se plaint assez souvent de la tête; il ne parle pas encore, cependant il n'est ni sourd, ni muet, il est nerveux au suprême degré et l'a toujours été; le moindre bruit inattendu le fait sauter; sous l'influence du caprice il casse tout ce qui lui passe sous la main; son teint est un peu jaune et coloré, sa face est vultueuse, son sommeil irrégulier et troublé par des cauchemars qui le réveillent en lui faisant pousser des cris; il n'est pas fort, son pouls est petit, vif et irrégulier, etc., etc. La mort de ses deux frères a effrayé sa mère, qui est persuadée qu'elle perdra ce dernier enfant; et c'est pour agir préventivement que le Dr Raudon me l'a adressé, afin de modifier sa constitution et son état nerveux exagéré.

Il a pris des douches chaudes et froides, dont la durée n'a jamais dépassé 12 secondes, et, lorsqu'il m'a quitté après six semaines de traitement, il n'était plus reconnaissable, sa surexcitation nerveuse avait fait place à un calme étonnant, l'anémie avait disparu et l'appétit était devenu régulier, le sommeil tranquille ; il marchait et jouait toute la journée sans arrêter et sans fatiguer.

Il paraissait guéri, mais néanmoins, en raison des antécédents de ses deux frères et de sa constitution nerveuse, j'engageai la mère à me le ramener dans le courant de l'hiver, si son état de santé ne se soutenait pas.

J'insisterai sur ce fait que dans cette observation, comme dans les précédentes et beaucoup d'autres, j'ai été à même de constater que le moyen le plus puissant et le plus prompt est sans contredit la douche écossaise.

J'avais l'intention de m'arrêter aux observations que je viens de citer sur l'effet reconstituant des douches sur l'état nerveux, mais la persistance de certains confrères à regarder la douche à l'eau de mer comme excitante à un haut degré a rendu nécessaire d'opposer un nombre de faits suffisants pour éclairer la praticien; une particularité difficile à expliquer, c'est qu'en rejetant d'une manière absolue les douches salées dans les cas que nous signalons, sans crainte de mettre en contradiction la théorie avec la pratique, ils préconisent les bains de mer.

Chaque année, au bord de la mer, je suis à même de constater cette anomalio ; au mois d'août de la dernière saison, trois confrères m'ont fourni en même temps les preuves à l'appui de ce que j'avance.

M. le Dr X..., conduisit sa famille au Tréport pour y passer un mois. En son absence, je fus appelé auprès de son fils âgé de 3 ans et demi ; il avait un peu d'embarras de l'estomac et du ventre : un peu de sirop d'ipéca suffit à guérir l'enfant en deux jours.

A son retour, le Dr X... vint me remercier, et en causant de son malade il m'apprit que son enfant était on ne peut plus nerveux (ce que, du reste, j'avais été à même de voir) et qu'il en était tourmenté... Pensant lui être agréable et utile, je l'engageai à me l'amener, afin de le tonifier et de diminuer cette prédisposition nerveuse à l'aide des douches écossaises. — Oh! par exemple, me répondit-il, des douches à l'eau de mer à un enfant aussi nerveux... oh! non, cent fois non! je me contenterai de lui faire de l'hygiène et de lui faire prendre des bains de mer froids; et il a ajouté : J'ai fait de l'hydrothérapie pendant dix ans, je sais ce que c'est.

Le Dr X... conduisit également au Tréport sa famille et celle de son frère.

Consulté, je conseillai à son neveu, grêle, lymphatique et nerveux, les douches écossaises, qui furent acceptées avec reconnaissance.

Je jugeai convenable de prescrire les mêmes à son fils âgé de 4 ans, gros, gras, lymphatique, mou et nerveux... Il me refuse carrément; son enfant, ajoute-t-il, ayant une santé superbe, des bains de mer et des promenades sur le sable mouillé étant préférables.

Après quinze jours de ce régime, l'enfant est pris de diarrhée, qui persiste malgré le bismuth, le sirop de pavot, le quinquina, les cataplasmes, les lavements, etc. (son père le soignait par correspondance). L'enfant n'allant pas mieux, je fus appelé auprès de lui, et, après avoir constaté un état saburral, je le fis vomir.

Le lendemain, il était mieux de l'estomac, il était moins jaune, etc., mais le ventre était dans le même état. Après huit jours infructueux, je propose à sa mère les douches écossaises, qu'elle accepte, bien certainement à cause de l'inquiétude inspirée par l'état de son petit malade... Après la première douche qui a été de six secondes, les accidents diarrhéiques ont cessé, retour de l'appétit et de la gaîté, guérison complète en trois jours.

Le Dr X... à son retour crut devoir me remercier et reconnaître que les douches avaient agi merveilleusement et il permit à l'enfant de les continuer jusqu'au moment de son départ.

Le Dr X... m'a adressé une malade scrofuleuse atteinte d'une arthritite double des genoux qui persiste depuis six mois, malgré les vésicatoires, la teinture d'iode, les cautérisations, l'immobilité, l'exercice, etc., en me recommandant, particulièrement à cause de la susceptibilité nerveuse extrême de la malade, de ne pas employer l'eau de mer.

Convaincu que la malade se trouvera parfaitement bien des douches salées, je les lui administre d'emblée, et au bout d'un mois cette jeune fille retournait dans son pays (Gamaches) complètement guérie.

C'est une erreur profonde de croire les bains de mer moins excitants que la douche écossaise, il suffit d'assister à la prise d'un bain froid et à celle d'une douche par un enfant pour en apprécier la différence.

Si quelques enfants peuvent se baigner sans souffrir de l'impression pénible de la première immersion, un grand nombre la supportent difficilement. J'en ai vu grimper jusque sur les épaules et même la tête de leur guide, s'accrocher à leur costume, à leur figure, etc.

J'en ai vu un entre autres quitter brusquement son guide pour attraper en sautant une gaule servant de jalon, monter comme un écureuil à son extrémité et y rester accroché sans vouloir en descendre, etc.; sans faire cette gymnastique déréglée, plusieurs sont pris de spasmes insupportables, ils étouffent et ont de vraies attaques nerveuses, etc.; certains semblent fuir, etc. Il est facile de comprendre que des bains pris dans de semblables conditions ne pourront jamais calmer des phénomènes sérieux, et si on considère comme innocent un moyen semblable, on sera dans la plus complète erreur. Le bain de mer n'est favorable qu'autant qu'il est pris sans répugnance. Le moyen le plus prompt pour faire supporter l'eau de mer froide aux enfants ou même aux malades nerveux, c'est encore la douche écossaise qui en quelques jours habitue le patient à l'impression de l'eau froide.

Si, au contraire, on assiste à une douche écossaise prise pour la première fois par un enfant, même très-jeune, il semble plutôt étonné qu'effrayé, et si on a la précaution de doucher devant lui un enfant de son âge, ce que je ne manque pas de faire quand je le puis, il bouge à peine... J'ai eu à doucher cette année deux enfants qui profitaient de la douche froide pour faire les exercices du trapèze, en grimpant à la force des poignets après la corde leur servant de point d'appui.

Comme la douche écossaise est beaucoup plus puissante que le bain et qu'elle ne détermine jamais l'impression désagréable que nous venons de signaler, il y a donc avantage à donner la préférence à cette dernière qui, bien donnée, ne peut jamais déterminer d'accidents fâcheux.

Jusqu'à présent je n'ai en quelque sorte parlé que des effets directs de l'hydrothérapie seule, c'est-à-dire sans le concours de moyens étrangers. Cependant il faut bien le reconnaître, il est des états pathologiques complexes qui, malgré sa puissance, réclament avec elle le concours nécessaire, indispensable même, de médications étrangères spéciales et même spécifiques.

Dans ces cas, assez fréquents du reste, il semblerait,

au premier abord, que le rôle de l'hydrothérapie pourrait être primé avec autant d'avantage par celui des moyens qu'on lui a associés, mais, sauf quelques exceptions que je signalerai, il n'en est généralement rien. Il faut bien comprendre que sans l'hydrothérapie ces moyens pourraient rester insuffisants jusqu'au jour que son intervention leur rendrait leur puissance suspendue.

C'est donc encore à elle que la cure devra être attribuée ou, pour être impartial, à leur collaboration réciproque, comme nous allons pouvoir le constater dans l'observation qui va suivre.

Observation XXII.

Feu le docteur Lecointe m'a adressé, il y a quelques années, un malade, M. W..., atteint, depuis dix ans environ, d'une affection spécifique constitutionnelle qu'on crut guérie ; lorsque, huit ans après, on vit apparaître, sur la peau et les muqueuses de la bouche et du palais, des taches et des plaques caractéristiques d'accidents syphilitiques secondaires.

Non-seulement l'iodure de potassium et les préparations mercurielles furent prescrites et employées infructueusement pendant plusieurs mois ; mais les sudorifiques et les toniques, sous toutes les formes, ne réussirent qu'à donner naissance à une dyspepsie flatulente qui ne tarda pas à se compliquer d'anémie, de symptômes nerveux et même d'hypochondrie. C'est dans ces conditions que le malade me fut recommandé et adressé par notre honoré confrère.

Après la constatation de la gravité de son état, le malade était complètement privé d'appétit, de sommeil et de force, il ne pouvait digérer qu'un peu de lait et de bouillon, je lui fis suspendre toute médication active en le laissant d'abord s'acclimater.

Après huit jours de ce repos complet il commença les douches d'eau de mer de 4 secondes de durée.

Huit jours après, l'appétit et le sommeil se manifestèrent et les forces se relevèrent progressivement.

Même traitement pendant huit autres jours, même amélioration. J'en profitai tout en continuant les douches pour remettre le malade à l'usage de l'iodure de potassium et du mercure, qui furent parfaitement supportés.

Six semaines après, il quittait Tréport complètement guéri de ses accidents spécifiques et de sa dyspepsie.

Cette observation est une preuve incontestable de l'effet que peut produire l'hydrothérapie sur des états morbides complexes qui, tout en appelant une médication rationnelle à leur aide, ne sont pas à même d'en supporter les effets.

Le traitement spécifique était ordonné, et son indication précise, et l'état général du malade en avait jusque-là paralysé les effets ; y renoncer, c'était abandonner à elle-même une affection qui aurait infailliblement compromis l'avenir de M. W....

La douche, en reconstituant l'état général, a agi favorablement sur les symptômes morbides, en rendant aux fonctions organiques la force nécessaire à la digestion des aliments et à celle des médicaments ; toutes deux réclamant également, pour leur assimilation, l'équilibre physiologique des organes.

Dans ce cas, l'hydrothérapie coopère à la guérison pour une part active. On rencontre journellement des cas dans lesquels les indications sont différentes et par cela même difficiles à remplir si l'une des deux méthodes offre des avantages plus marqués, on doit, ce me semble, en profiter. Le soulagement ou la guérison plus rapide du malade doit faire pardonner l'infidélité faite à celle qui offre le moins de chance de succès.

Dans l'observation de M. W..., nous avons été à même de constater l'influence nécessaire, indispensable même de la douche reconstituante dans une affection syphilitique, constitutionnelle, traitée infructueusement pendant des mois, par les spécifiques les plus rationnels, influence qui leur a rendu toute leur puissance curative.

Les deux observations suivantes, au contraire, nous feront apprécier, dans des cas paraissant offrir des analogies de causes et d'effets, l'impuissance momentanée de l'hydrothérapie maritime. On sera à même de constater que son effet reconstituant ne s'est fait sentir qu'après la modification organique exercée sur toutes les fonctions de l'économie par l'action des spécifiques.

Dans le cas précédent et les deux qui vont suivre, l'anémie n'existait pas au même degré.

Chez M. W..., l'anémie dominait complètement l'état morbide, tandis que chez les deux malades dont je vais tracer l'observation, elle était dominée par l'état syphilitique, ce qui peut expliquer la différence d'action de l'hydrothérapie.

Obs. XXIII. — Syphilis constitutionnelle, nécrose nasale, dyspepsie, épilepsie, etc., etc., etc.

Le 17 juillet 1877, je fus consulté par M. Col..., homme fort et bien constitué, 42 ans, envoyé à la mer pour prendre des bains et des douches, afin de combattre des symptômes nerveux et anémiques attribués à des congestions cérébrales.

Ces congestions s'étaient reproduites plusieurs fois à des époques à peu près régulières; depuis le mois de mai, le malade en avait eu trois; saignées, sangsues et purgatifs avaient été employés largement.

Deux consultations différentes déterminèrent l'opportunité de ces moyens, et la troisième, en en suspendant l'emploi, préconisa les vésicatoires et le séjour au bord de la mer. C'est alors, qu'appelé à soigner le malade, je prescrivis les douches écossaises.

Après en avoir pris une quinzaine, qui furent parfaitement supportées, M. Col... se trouvait exactement dans le même état, malgré sa nouvelle hygiène et son nouveau traitement.

Les choses en étaient là lorsque je fus appelé en toute hâte auprès de lui pour assister à une des crises qui avaient motivé le traitement cité plus haut.

J'arrivai comme elle se terminait, et voici ce que je fus à même de constater :

Le malade, étendu dans un fauteuil, avait la face rouge et vultueuse, les fonctions cérébrales étaient singulièrement engourdies, quoiqu'il n'eût pas complètement perdu connaissance, sa parole et sa pensée se manifestaient avec une lenteur pénible; la partie gauche de son visage s'était convulsée en même temps qu'un effet analogue se produisait dans son membre supérieur du même côté, avec douleur persistant encore quelque temps après l'accès; on avait cru remarquer un peu d'écume à la bouche; le malade s'était mordu profondément la langue, et avait laissé aller ses urines sans s'en apercevoir.

Comme le malade était entouré de sa famille qui ne le quittait pas, et qu'il était difficile de me renseigner en la présence de cette dernière, je m'empressai d'écrire au médecin qui l'avait soigné; sa réponse n'ayant été que la répétition des détails donnés précédemment par lui, j'insistai auprès du malade, seul capable de m'aider à obtenir la connaissance exacte des faits.

J'appris alors qu'il avait eu dix-huit ans auparavant une écorchure au gland ayant demandé plus d'un mois à guérir; que six ans après, en pleine santé, à la suite d'un érysipèle de la face, il avait été pris d'une céphalalgie violente et persistante, qu'il avait rendu du pus par une narine et de petits fragments d'os et qu'il s'exhalait par le nez une odeur insupportable, que cette affection avait guéri après un traitement assez long dirigé par le Dr Heurteloup; enfin la santé du malade parut bonne et lui donna sept à huit années de tranquillité, lorsque il y a quatre ans environ, il eut (dit-on) une méningite à laquelle on opposa les saignées et les sangsues, etc. Il guérit encore une fois, et sa santé aurait été satisfaisante sans la présence de maux de tête, qui le faisaient souffrir presque journellement; enfin au mois de mai dernier il eut une première crise légère dont il ne se ressentait plus quatre jours après... Cette crise se renouvela deux fois jusqu'au mois de juillet à intervalles réguliers (trois semaines environ); à cette époque, M... avait maigri de 20 kilos sans cependant être maigre encore.

Ces renseignements ne me laissèrent plus de doute sur la nature des crises; les prétendues congestions cérébrales n'étaient autres que des attaques épileptiformes, je dis épileptiformes parce qu'elles s'étaient développées symptomatiquement... Les accès sont incomplets, sans perte de connaissance, sans convulsions générales, sans cri initial, il n'y a pas de période comateuse, enfin dans l'intervalle il y a des accès de céphalalgie permanente frontale et occipitale du côté opposé aux convulsions *unilatérales* de la face se communiquant à la jambe presque immédiatement, etc. Ces symptômes sont évidemment ceux de l'épilepsie syphilitique. En somme, il y a une ou plusieurs tumeurs gommeuses syphilitiques de la base ou de la surface du cerveau.

Le diagnostic posé, j'appliquai le traitement du Dr Charcot, l'iodure de potassium à haute dose, jusqu'à 10 grammes dans les vingt-quatre heures, les frictions avec l'onguent napolitain double sur chacun des membres alternativement, 5 grammes par jour. Je cessai les douches reconstituantes et les remplaçai par d'autres plus faibles à 34 degrés (15 secondes) suivies d'une seconde d'eau froide, afin d'exciter légèrement la peau et rendre l'absorption du mercure plus prompte et plus facile; après cinq jours de ce traitement, le ptyalisme était tellement prononcé que je dus en cesser l'usage... Malgré les moyens employés, le chlorate de potasse, l'acide chlorhydrique, l'iode et le nitrate d'argent, etc., les muqueuses mirent douze jours à guérir.

Après quelques jours de repos de toute médication, je revins aux frictions; après la troisième, il me fallut définitivement renoncer à ce moyen, malgré la diminution de moitié de la dose. Je les remplaçai par l'iodure de mercure, 5 centigrammes par jour, qui produisit les mêmes effets. Je cessai alors toute médication hydrargyrique pour m'en tenir à l'iodure de potassium et au sirop d'iodure de fer.

L'amélioration fut lente à se produire, malgré la dose de 10 grammes d'iodure de potassium; le malade ressentait des douleurs de tête à droite, il avait dans l'oreille un sifflement incessant s'exaspérant toujours avec ses douleurs frontales et occipitales ; ce sifflement persiste, son sommeil est détestable et coupé par des cauchemars continuels et fatigants ; l'appétit capricieux ; les forces loin de revenir paraissent moindres... Un mois après cette crise, le malade ne pouvait se tenir sur ses jambes sans le secours d'une canne, et encore ne pouvait-il se tenir debout qu'en les écartant énormément.

Après une congestion légère du cerveau qui avait eu lieu sans crise, je l'ai vu ne pouvoir non-seulement se bouger dans son lit sans l'aide de deux personnes, mais même être dans l'impossibilité d'empêcher sa tête de toucher d'un côté ou d'un autre dès que son oreille s'inclinait, tant la résolution était complète.

Enfin c'est vers le 15 septembre seulement que M. Col... parut ressentir les premiers effets de son traitement.

Je ne suivrai pas sa cure jour par jour, mais sous l'influence de l'iodure de potassium et de l'iodure de fer les crises épileptiques cessèrent; en revanche, les congestions encéphaliques et le vertige dyspepsique se produisirent fréquemment, sous l'influence des causes les plus légères ; la constipation opiniâtre ne cédait qu'à des lavements très-actifs ou même à des eaux purgatives, moyens qui avaient l'inconvénient d'entretenir et d'augmenter l'anémie du malade ; sa faiblesse était trop grande pour l'amener à la douche et l'exiguïté de la chambre à coucher était telle que l'air respirable se trouvait absorbé après quelques heures de sommeil... Je l'engageai fortement à changer d'habitation et le 1er octobre il fut transporté chez moi. A partir de ce moment, je le fis revenir aux douches reconstituantes, qu'il suivit régulièrement, je lui fis prendre de l'exercice en voiture d'abord et à pied ensuite, et après quinze jours de ce changement il put chasser quelques heures. Il put partir du Tréport à la fin de novembre dans un état très-satisfaisant et en voie de guérison.

Nous ferons donc remarquer, dans cette observation, que les quinze premières douches adressées à l'état anémique seul, quoique bien indiquées et bien supportées, n'ont eu aucune influence curative sur la cause spécifique, la syphilis constitutionnelle, la douche remplit une indication parallèle ou momentanément supérieure à l'indication spécifique, mais ne la remplace jamais. En persistant dans leur emploi, on pouvait craindre même de déterminer, par leur effet sur les gommes, une excitation momentanée, nécessaire, il est vrai, sous le point de vue de leur résolution, mais funeste peut-être relativement à leur siége et à leur mode d'action, excitation, dis-je, qui aurait pu dépasser les limites curatives en aidant au développement des accidents qu'on voulait prévenir.

Observation XXIV.

A la même époque (1er octobre 1877), je fus consulté pour un malade offrant les symptômes suivants :

M. Ollc..., homme vigoureux et gros, 40 ans, très-lymphatique, fut au commencement de mai pris subitement et en pleine santé d'une contracture spontanée de la main gauche, qui ne dura qu'une seconde et détermina une paralysie qui, elle aussi, cessa immédiatement après toutefois avoir forcé le malade à lâcher l'objet qu'il tenait dans la main... Sitôt cette attaque passée (quelques secondes de durée), il put immédiatement reprendre son état de cordonnier.

D'autres attaques succédèrent à cette première et se renouvelèrent cinq fois de mai à octobre ; elles ne furent ni plus longues ni plus fortes, mais elles modifièrent d'une manière fâcheuse l'état général du malade; depuis les deux dernières surtout, ses forces musculaires diminuèrent sensiblement, ses facultés intellectuelles semblèrent baisser, sa parole devint d'une lenteur fatigante et ses réponses aux questions adressées ne se produisaient plus qu'après un intervalle si long qu'on pouvait croire qu'il n'avait entendu ni compris; sommeil et appétit étaient très-bons.

Après l'avoir longuement questionné, j'appris qu'en 1866, alors qu'il était à l'armée, il avait eu un écoulement qui avait été guéri par des potions et des injections, et que depuis longtemps il fumait 30 grammes de tabac par jour... Pensant que l'état du malade pouvait être le résultat d'un infection syphilitique ancienne ayant développé soit une tumeur gommeuse cérébrale, soit des produits de même organisation qu'on rencontre dans les feuillets de la dure-mère ; d'un autre côté, en réfléchissant que les 30 grammes de tabac fumés chaque jour pouvaient n'être pas totalement étrangers à ces accidents, je voulus en avoir la certitude en réduisant la quantité de tabac à 5 gramm., et je le soumis à l'usage des douches reconstituantes.

Pendant quinze jours elles furent prises avec régularité et sans profit aucun, et quoique bien supportées elles ne modifièrent en rien la situation du malade.

Si les symptômes eussent été dus à l'intoxication par le tabac, le traitement aurait suffi pour produire une amélioration marquée. C'est un fait que je suis à même de constater tous les jours chez les marins.

La spécificité étant admise, je considérai le malade comme étant atteint d'une tumeur gommeuse du cerveau ou du canal médullaire en voie de développement; aussi, sans suspendre les douches et complètement le tabac, j'administrai l'iodure de potassium à hautes doses.

Le 15 novembre, c'est-à-dire un mois après l'emploi de cette médication, le malade constatait une amélioration si grande qu'il se considérait comme guéri.

La dose d'iodure de potassium n'a jamais dépassé 6 grammes dans les vingt-quatre heures... J'engageai M. Olle... à continuer le traitement encore pendant un mois.

Dans ces sortes d'affections, dans lesquelles les rechutes sont fréquentes et souvent à craindre, il est moins indispensable d'obtenir la guérison complète sous peine, comme chez M. Col..., de la voir réfractaire aux moyens curatifs.

Chez M. Ollc..., les sympômes morbides n'ont pas été semblables à ceux offerts par l'affection de M. Col...; cependant, sur plusieurs points, ils présentent une certaine analogie. Tous deux ont éprouvé des crises à des intervalles réguliers, tous deux ont vu leurs forces diminuer après elles, et faiblir leur intelligence, tous deux ont également éprouvé de la difficulté à parler, non-seulement pendant, mais encore en dehors des attaques; et enfin, tous deux ont retiré d'excellents effets du traitement spécifique et des douches reconstituantes. En les voyant aujourd'hui, il serait difficile d'admettre qu'il y a deux mois à peine, il eût suffi de les toucher un peu brusquement pour les renverser, tant ils étaient chancelants sur leurs jambes.

Chez M. Oll..., l'affection remontait à une époque moins ancienne, et sa constitution essentiellement lymphatique a dû peut-être contribuer à ralentir la marche des accidents; il lui a été impossible même de travailler, les dernières semaines exceptées; aussi est-ce durant cette dernière période que les symptômes ont pris de la gravité. Remarque intéressante : ce malade n'a jamais eu de maux de tête, ni ressenti la moindre douleur dans les membres.

L'hydrothérapie, reconstituante dans ces deux cas, a échoué complètement au début; son efficacité n'a commencé à se faire sentir que lorsque le principe spécifique a été modifié par l'action de l'iodure de potassium, et c'est alors que les deux moyens ont pu être continués simultanément, avec d'autant plus d'avantages qu'ils s'adressent à des indications différentes.

Si chez M. W... les douches reconstituantes seules ont réussi d'emblée, c'est que l'anémie tenait complètement sous sa domination tous les autres symptômes, même les symptômes spécifiques, tandis que chez MM. Coll... et Oll..., au contraire, la spécificité tenait sous sa domination toutes les complications morbides.

Dans les tumeurs gommeuses, dans les méningites du cerveau surtout, quant à l'administration de la douche, il faut tenir grand compte du siége de la lésion et de l'excitation qu'elle peut y déterminer passagèrement par l'augmentation de la vitalité des tissus; peut-on prévoir le point où cet effet cessera de se produire? Et en dépassant le but nécessaire, n'aurait-on pas à redouter de stimuler au delà des bornes un organe qu'on a le plus grand intérêt à laisser passif?

Il ne faut jamais oublier que toutes les douches, quelque habile qu'on puisse être à les manier, stimulent plus ou moins le cerveau, aussi bien que les autres organes de l'économie, et qu'elles pourraient, dans de certains cas, chez certains sujets, dans des conditions spéciales, déterminer des congestions encéphaliques graves.

En résumé, les douches générales à l'eau chaude et froide, dans la syphilis constitutionnelle, pourraient rendre de grands services, particulièrement lorsque la localisation des symptômes aurait lieu en dehors des grandes cavités.

Paris. — Typ. A. PARENT, rue Monsieur-le-Prince, 29-31.

OUVRAGES DU MÊME AUTEUR

DES

BAINS DE MER SUR LES PLAGES DU NORD

ET CONSEILS AUX BAIGNEURS

Librairie SAVY — Paris, 1868

DE

L'HYGIÈNE DE LA MER

ET DE

L'HYDROTHÉRAPIE MARITIME

CONSIDÉRÉES SOUS LEUR POINT DE VUE PRATIQUE

DANS DIVERSES AFFECTIONS LYMPHATIQUES, SCROFULEUSES ANÉMIQUES, NERVEUSES, ETC.

In-8°, 1875

HYDROTHÉRAPIE

DOUCHES D'EAU DE MER ET D'EAU DOUCE, FROIDES ET CHAUDES

Douches Écossaises *en toutes saisons*

Dirigées par le Docteur Ch. LEMARCHAND, au Tréport

CONSULTATIONS, 3, RUE DE LA CASERNE

et à son Cabinet de la Plage

Paris. — A. PARENT, imprimeur de la Faculté de Médecine, rue M.-le-Prince, 29 3.

www.ingramcontent.com/pod-product-compliance
Ingram Content Group UK Ltd.
Pitfield, Milton Keynes, MK11 3LW, UK
UKHW020407230726
13925UKWH00003B/1300

9 782013 677714